O esplendor da vida

O último amor de Kafka

Michael Kumpfmüller

O esplendor da vida
O último amor de Kafka

Tradução de Petê Rissatti

Texto de acordo com a nova ortografia.
Título original: *Die Herrlichkeit des Lebens*

 A tradução desta obra foi apoiada por um subsídio concedido pelo Goethe-Institut, financiado pelo Ministério das Relações Exteriores alemão.

Tradução: Petê Rissatti
Capa: Ivan Pinheiro Machado. *Ilustração*: iStock
Preparação: Patrícia Yurgel
Revisão: Lia Cremonese

CIP-Brasil. Catalogação na publicação
Sindicato Nacional dos Editores de Livros, RJ.

K98e

Kumpfmüller, Michael 1961-
    O esplendor da vida: o último amor de Kafka / Michael Kumpfmüller; tradução Petê Rissatti. – 1. ed. – Porto Alegre, RS: L&PM, 2016.
    216 p. ; 21 cm.

    Tradução de: *Die Herrlichkeit des Lebens*

    ISBN 978-85-254-3409-8

    1. Kafka, Franz, 1883-1924. 2. Escritores austríacos - Século XX - Biografia. I. Título.

16-31302
                        CDD: 928.31
                        CDU: 929:821.112.2

Originally published in the German language as "Die Herrlichkeit des Lebens" by Michael Kumpfmüller
© 2011, Verlag Kiepenheuer & Witsch GmbH & Co. KG, Cologne/Germany

Todos os direitos desta edição reservados a L&PM Editores
Rua Comendador Coruja, 314, loja 9 – Floresta – 90220-180
Porto Alegre – RS – Brasil / Fone: 51.3225.5777 – Fax: 51.3221.5380

Pedidos & Depto. Comercial: vendas@lpm.com.br
Fale conosco: info@lpm.com.br
www.lpm.com.br

Impresso no Brasil
Outono de 2016

Para Eva

Pode-se muito bem imaginar que o esplendor da vida rodeie tudo, sempre em toda a sua plenitude, mas velado, nas profundezas, invisível, muito distante. No entanto, está lá, sem hostilidade, sem relutância nem surdez. Se o invocarmos com a palavra certa, pelo nome correto, ele atende. Essa é a essência da magia que não cria, mas invoca.

FRANZ KAFKA, *Diários* (1921)

Um | chegar

1

O Doutor chega numa sexta-feira em julho, tarde da noite. O último trecho da viagem saindo da estação de trem em carro aberto não terminava nunca, ainda está muito quente e ele, exausto. Mas agora ele chegou. Elli e as crianças esperam por ele no hall de entrada. Mal deixa a mala no chão, Felix e Gerti se lançam sobre ele, falando sem parar. Ficaram desde manhãzinha no mar, gostariam de voltar lá e mostrar a ele o que haviam feito, um imenso castelo de areia, a praia está cheia deles. Deixem-no em paz agora, ralhou Elli, com Hanna adormecida nos braços, mas eles continuaram a falar de seu dia. Elli pergunta: Como foi de viagem? Quer comer algo? O Doutor pensa por um instante se deseja comer algo, pois não tem apetite algum. Em vez disso, sobe rapidamente ao apartamento de veraneio, as crianças mostram a ele onde dormem, têm onze e doze anos e buscam milhares de desculpas para não irem para a cama. A governanta preparou um prato com nozes e frutas, há uma garrafa d'água da qual ele bebe um pouco, diz à irmã como é grato a ela, pois nas próximas três semanas comerá com eles, passarão muito tempo juntos, e essas três semanas mostrarão qual será sua disposição para os tempos vindouros.

O Doutor não espera muito dessa estada. Deixou para trás meses péssimos, não queria mais ficar na casa dos pais. Assim, o convite para ir ao mar Báltico não poderia ter vindo em melhor momento. A irmã encontrara as acomodações no jornal, um anúncio que prometia camas excelentes e preços razoáveis, além de sacadas, varandas e pórticos, ladeando a floresta e com vista privilegiada para o mar.

Seu quarto fica na outra extremidade do corredor. Não é muito grande, mas há uma escrivaninha, o colchão é firme, além disso tem uma sacada estreita para o lado da floresta, uma promessa de tranquilidade, embora seja possível ouvir vozes infantis vindas de um prédio bem próximo. Desfaz a mala – alguns ternos, roupas de baixo, livros, papéis para escrever. Poderia contar a Max como transcorreram as conversas com a nova editora, mas terá oportunidade de fazer isso durante sua estada. Foi estranho passar por Berlim novamente após tantos anos e, 24 horas depois, chegar em Müritz, numa casa chamada Boa Sorte. Elli já havia feito um gracejo sobre o nome, esperava que o Doutor ganhasse uns quilos com o ar marinho, embora ambos soubessem que era pouco provável. Tudo se repete, pensa ele, há anos o verão em algum hotel ou numa casa de repouso, e então os longos invernos na cidade, durante os quais às vezes não deixa a cama por semanas. Feliz por estar sozinho, senta-se por um momento na sacada, onde as vozes ainda pairam, para em seguida ir para a cama e, sem muito esforço, cair no sono.

Acorda na manhã seguinte, depois de mais de oito horas de sono. Logo reconhece onde está, próximo ao mar, neste quarto, longe de tudo que conhece à exaustão. As vozes das crianças que ontem acompanharam seu sono surgem novamente, cantam uma canção em hebraico, não é difícil reconhecer. São do mar Báltico, pensa ele, há uma colônia de férias para essas crianças. Dois dias antes, em Berlim, Puah, sua professora de hebraico, havia explicado que também existe uma colônia de férias em Müritz, e agora está bem próximo dela. Ele sai na sacada e olha para elas, que pararam de cantar e estão sentadas diante da casa, em frente a uma longa mesa, e tomam o café da manhã, ruidosas e contentes. Um ano atrás, em Planá, ele ficaria muito incomodado com tal balbúrdia, mas agora quase se alegra com o falatório. Pergunta à irmã se sabe algo sobre as crianças, mas Elli não sabe nada e parece ficar surpresa por de repente ele estar tão animado, pergunta se passara bem a noite, se ele está satisfeito com o quarto, sim, está satisfeito, ansioso para ir à praia.

O caminho é mais longo do que imaginava, anda-se quase um quarto de hora. Gerti e Felix levam as bolsas com os objetos de praia e as provisões, correm um trechinho adiante e voltam para ele, que segue lentamente. O mar é prateado e calmo sob o sol, em todos os cantos se veem crianças em trajes de banho coloridos, que chapinham na água tranquila ou brincam com bolas. Por sorte, Elli havia alugado para ele uma cadeira de praia de vime com cobertura, à direita do cais, para que tivesse uma boa vista de tudo. Em torno das cadeiras de praia listradas há, em toda a parte, castelos de areia na altura do joelho; a cada dois, no mínimo, um está enfeitado com uma estrela de Davi feita de conchinhas.

Gerti e Felix querem ir para a água e ficam felizes, pois ele os acompanha. Perto da praia, a água está morna como numa banheira, mas então ele nada com os dois para dentro do mar até perceberem as correntes mais frias. Gerti pede para que ele mostre como se boia, não é difícil, e assim os dois flutuam por um tempo no mar reluzente até a voz de Elli ressoar vinda da beira da água. Ele não pode exagerar, ela alerta. Não teve uma febrinha ontem à noite? Sim, confessou o Doutor, mas a febre foi embora hoje pela manhã. Mesmo assim, agora faz bem em descansar um pouco na cadeira, deve estar mais de trinta graus, está quase insuportável sob o sol. Gerti e Felix também não devem ficar muito ao sol, eles colocam pinhas secas na areia para formar as iniciais de seus nomes. Por muito tempo ele simplesmente fica ali, sentado, e olha as crianças, aqui e ali ouve fiapos de iídiche, a voz reprovadora de um dos monitores que não tem mais de 25 anos. Gerti fez amizade com um grupo de meninas e, quando perguntam a ela, diz, sim, vieram de Berlim, estão em férias como nós, em uma casa de veraneio não muito longe do nosso apartamento.

O Doutor poderia ficar assim, sentado, por horas. Elli pergunta o tempo todo como ele está, sempre naquele tom de preocupação maternal que ele já conhece. Ele nunca pôde falar com Elli da forma que conseguia falar com Ottla, ainda assim comenta sobre Hugo e Else Bergmann, que o convidaram para ir à Palestina, para Tel Aviv, onde também há praia e crianças rindo como aqui. Elli não tem muito a falar sobre isso, o Doutor sabe o que ela pensa sobre esses planos, no fundo ele mesmo não acredita neles. Mas as crianças são uma grande alegria, ele está feliz e agradecido por estar aqui entre elas. Consegue até dormir em meio a todo o burburinho, no auge do calor do meio-dia, por mais de uma hora, antes de Gerti e Felix o levarem novamente para a água.

No segundo dia ele começa a distinguir os primeiros rostos. Seus olhos não mais vagueiam a esmo, ele desenvolve preferências, descobre algumas longas pernas femininas, uma boca, cabelos, uma escova que se embrenha por esses cabelos, aqui e ali um olhar, lá adiante a morena alta que às vezes olha na sua direção para em seguida fingir que não olhou. Duas, três moças ele reconhece pela voz, observa como pulam na água, bem longe, como correm pela areia quente, de mãos dadas, entre risinhos constantes. Não consegue estimar suas idades. Ora considera dezessete, ora parecem ainda crianças, e mesmo essa oscilação faz parte do prazer que sente em observá-las.

Principalmente a morena alta o encantou. Ele poderia perguntar a Gerti como ela se chama, pois já havia falado com a garota, mas não poderia mostrar interesse dessa maneira. Gostaria de fazê-la rir, pois, infelizmente, ela não ria. Parecia emburrada, como se estivesse há muito irritada com algo. No fim do dia, ele a olha da sacada, como ela põe a mesa no jardim da colônia de férias para mais tarde, à noite, vê-la atuar numa peça de teatro como protagonista. Não consegue entender o que diz, mas observa como se movimenta, a dedicação com a qual atua, obviamente no papel de uma noiva que precisa casar contra a vontade, ou ao menos é o que ele imagina a partir da atuação, ouve as risadas das crianças, o aplauso ao qual a morena agradece com reverências.

Mesmo quando conta a Elli e às crianças sobre sua noite, ainda está mergulhado em melancolia. Antes da guerra conhecera gente do teatro, o selvagem Löwy, que seu pai tanto desprezava, as jovens atrizes que mal conseguiam decorar os textos em iídiche, mas as quais admirava pela força com que representavam.

Quando Gerti traz a garota para sua cadeira de praia na manhã seguinte, ele a vê pela primeira vez sorrindo. A princípio está tímida, mas quando ele lhe diz que a viu na peça de teatro, logo ela adquire confiança. Fica sabendo que seu nome é Tile, faz elogios a ela. Parecia uma atriz de verdade, ao que ela responde que gostaria de ter parecido uma noiva, pois não interpretava uma atriz. Ele aprecia a resposta, eles riem e começam a se conhecer melhor. Sim, ela é de Berlim, diz ela, também sabe quem é o Doutor, pois, na livraria na qual trabalha, há algumas semanas, havia colocado um de seus livros na vitrine. Parece não querer revelar mais nada de si, não enquanto Gerti estiver ali, então o Doutor a convida para um passeio pelo cais. Conta que gostaria de ser dançarina, que também é motivo para preocupação, tem suas diferenças com os pais, que querem impedi-la a qualquer preço. O Doutor não sabe direito como pode consolá-la, a profissão seria tão bela quanto exigente, mas, se acreditar, um dia será dançarina. Ele a imagina voando no palco, como ela se curva, como suplica com pernas e braços. Ela sabe de sua vontade desde os oito anos, com todo seu corpo. O Doutor não diz mais nada enquanto ela o observa, esperançosa, metade criança, metade mulher.

No dia seguinte saem para passear novamente, e no dia seguinte também. A garota pensara muito nas palavras do Doutor, mas não tinha certeza se havia entendido bem. Ao rememorar, o Doutor não fica satisfeito com sua resposta, talvez seja até errado encorajá-la em seu sonho, talvez ele não tenha razão. Ele conta sobre seu trabalho no Instituto de Seguro, como são as noites quando escreve, embora não esteja escrevendo nada naquele momento. Também não trabalha mais no instituto, há um ano está aposentado, apenas por isso ele está ali, no cais, com uma linda berlinense que será dançarina daqui a alguns anos. Agora ela volta a sorrir e convida o Doutor para o jantar no dia seguinte, nas noites de sexta-feira sempre há na colônia de férias um pequeno banquete, ela já havia pedido permissão aos monitores. Ele aceitou de pronto, também porque é sexta-feira e assim pela primeira vez em seus quarenta anos ele festejará o shabat.

Naquela tarde, ele já consegue ver, da sacada, os preparativos. Havia voltado para o quarto e escreve cartões postais sobre o mar e os fantasmas dos quais ele parece ter escapado, ao menos por hora. Escreve bastante sobre as crianças a Robert e aos Bergmann, em parte com o mesmo fraseado. Fica sabendo por Tile que a colônia de férias se chama Felicidade da Criança, e assim escreve: "Para testar minha mobilidade, depois de tantos anos, levantei do meu confinamento no leito e deixei para trás as dores de cabeça a fim de fazer uma pequena viagem ao mar Báltico. E foi uma grande felicidade. A cinquenta passos da minha sacada existe uma colônia de férias do Lar Popular Judeu de Berlim. Por entre árvores posso ver as crianças brincando. Crianças felizes, saudáveis, apaixonadas. Judeus orientais salvos por judeus ocidentais do perigo berlinense. Metade dos dias e noites, a casa, a floresta e a praia se enchem de cantares. Quando estou entre elas não fico feliz, mas no limiar da felicidade".

Ainda resta tempo para um pequeno passeio, então ele se apronta com vagar para a noite, tira o terno escuro do armário, verifica a gravata diante do espelho. Está curioso sobre o que o espera, sobre o exato decorrer da festividade, as canções, os rostos, nada mais que isso, nada espera para si mesmo.

2

Dora está sentada à mesa da cozinha e neste momento limpa peixes para o jantar. Pensava nele há dias e de repente ele está ali, justamente Tile o trouxera, e está sozinho, sem a mulher da praia. Está em pé, na porta, e observa apenas os peixes, então suas mãos – com uma leve reprovação, ela acredita –, mas sem dúvida é o homem da praia. Fica tão surpresa que não ouve bem o que ele diz, fala algo sobre suas mãos, mãos tão macias, diz ele, e precisam dar cabo de trabalho tão sangrento. Então ele assiste cheio de curiosidade, surpreso por ela fazer aquilo ao que, como cozinheira, está acostumada. Pena, ele não fica muito tempo, Tile quer apresentá-lo ao restante da casa, ele ainda permanece ao lado da mesa por um momento, então desaparece.

Por um breve momento ela fica como que anestesiada, ouve as vozes vindas de fora, risos de Tile, passos que se afastam. Pergunta-se o que acontece agora, imagina o homem no quarto de Tile sem saber que também é o de Dora. Tile dirá a ele? Ela acredita que não. Lembra da primeira vez na praia, quando o descobriu, com aquela mulher e as três crianças. Não prestou muita atenção na mulher, tinha olhos apenas para o jovem homem, como nadava, como se movimentava, como ficava sentado, lendo, na cadeira de praia. No início, pensou que fosse um índio mestiço, por sua pele amorenada. É casado, é claro, ela disse para si, mas ainda sim não perdera as esperanças. Uma vez, seguiu-o com sua família até o vilarejo, sonhou com ele, também com Hans, mas prefere não pensar em Hans agora, a não ser vagamente.

Duas horas mais tarde, no jantar, ela reencontra o Doutor. Ele se senta longe, na ponta da mesa ao lado de Tile, que quase explodia de orgulho, pois sem Tile ele não teria vindo. Há dois dias falava em cada oportunidade, o Doutor, o Doutor, é um escritor, na sexta-feira vocês o conhecerão, e agora ele é nada mais, nada menos que o homem da praia. Tile acabou de apresentá-lo, seguem as bênçãos, o vinho, a partilha do pão. O Doutor age como se a maioria das coisas fosse nova para ele, e olha para ela aqui e ali, durante toda a refeição, com aquele olhar ansioso que ela acredita já conhecer. Mais tarde, antes de ele ir embora, vai até ela e pergunta seu nome; o dele ela já sabe, com o dela, ele precisaria de ajuda. Olha para ela com olhos azuis, meneia a cabeça e pensa sobre o nome, obviamente gosta. Ela diz a ele, muito rápido: Eu vi o senhor, na praia, com sua mulher – embora ela soubesse que não poderia ser sua mulher, de qualquer forma, por que então havia ficado tão leve desde o momento no qual ele havia estado com ela na cozinha? O Doutor ri e afirma que é sua irmã. As crianças também são dela, ele tem ainda outra irmã, Valli, com seu marido Josef, que talvez ela também já tenha visto por ali. Ele pergunta quando poderá vê-la novamente. Eu gostaria de revê-la, diz ele, ou: Espero que nos vejamos novamente, e ela diz, de pronto: Claro, mas claro, pois ela também gostaria de revê-lo. Amanhã?, pergunta ela, e de fato ela gostaria de gritar, quando o senhor acordar, quando o senhor quiser. Ele sugere na praia, após o café da manhã, mesmo que ela preferisse tê-lo apenas para si na cozinha. Ele convida Tile também. Ela não havia percebido que Tile ainda está por ali, mas pena, ela está, vê-se como está apaixonada pelo Doutor, e ainda está com dezessete e decerto não tem qualquer experiência com homens.

Dora gostara da garota desde o início, pois é um pouco como ela própria, precisa logo dizer o que lhe passa pela cabeça. Tile não é realmente bela, mas percebe-se que é cheia de vida, gosta de seu corpo, as longas pernas esguias, exatamente com as de uma dançarina. Dora já a vira dançar e como ela chora num segundo e ri no outro, tal o clima em abril.

Até bem depois da meia-noite Tile tagarelou sobre a visita do Doutor, o que exatamente ele havia dito, sobre a casa, a comida, o ambiente festivo, que todos estavam tão felizes. Dora não se pronuncia, tem suas próprias observações, nas quais se aprofunda e às quais de uma forma ou outra se entrega, como se aquele homem e os poucos momentos durante os quais ela ficou ao lado dele fossem algo para o qual é necessário se entregar. Tile havia dormido há algum tempo quando algo começa a se espalhar dentro de Dora, um tom ou um perfume, algo que no início é quase nada e então se apossa dela quase com um arroubo.

Na manhã seguinte ele a cumprimentou na praia, dando-lhe a mão. Ele havia esperado por ela e acha que está com uma aparência cansada. O que há?, parece dizer. E como Tile está lá e também a sobrinha Gerti, ela apenas sorri para ele, diz algo sobre o mar, sobre a luz que os circunda, agora, nessa luz, embora eles tenham apenas falado um punhado de frases, ela precisa viver com essas frases, com os olhares. Vê-se que ele não quer ir para a água; Tile quer, e assim eles têm alguns minutos a sós. Lá adiante, a irmã já os descobrira, como Dora pôde pensar que era a mulher do Doutor?

E agora conversam e esquecem que conversam, pois mal um diz algo, as palavras somem, estão sentados na praia como sob um sino que engole de imediato cada dobrar. O Doutor lhe pergunta milhares de coisas, de onde vem, como vive, ele olha para a boca de Dora, sempre para a boca, sussurra algo sobre seu cabelo, suas formas, o que ele viu, o que vê, tudo sem uma única palavra. Agora ela fala sobre o pai, sobre como fugiu, primeiro para Cracóvia, em seguida para Breslávia, como se tivesse fugido apenas para estar um dia ali ao lado daquele homem. Comenta sobre suas primeiras semanas em Berlim, ela ainda se lembra, e de repente para, pois Tile chega; apenas porque Tile chega por trás dela e a assusta com suas mãos molhadas, lembra-se de que precisa voltar à cozinha. O Doutor levanta de pronto e pergunta se pode acompanhá-la, infelizmente Tile também quer vir, mas, por outro lado, ela o convida novamente para o jantar.

Hoje não há peixes, desta vez ela está diante de uma tigela com feijões. Ela esperava que ele viesse. Oh, que ótimo, tão cedo, sente-se, que alegria vê-lo, ela diz. O Doutor observa por um bom tempo sua lida, diz que gosta de vê-la, pergunta se ela percebera. Claro que devia ser muito observada em Berlim e, por um motivo muito incerto, ela consegue dizer: Sim, sempre, nas ruas, no trem, no restaurante, quando vai a um restaurante, mas não como o Doutor a observa. E, com isso, voltam a Berlim. O Doutor ama Berlim, conhece até mesmo o Lar Popular Judeu e gostaria de saber como ela se tornara cozinheira lá, e depois pede que ela diga algo em hebraico, ele se esforça há alguns anos para aprendê-lo com uma professora chamada Puah, infelizmente sem muito sucesso. Ela precisa pensar por um momento, gostaria de sentar ao lado dele no jantar, e ele responde também em hebraico, não totalmente sem erros, que pensara nisso a noite toda, curva-se e toma a mão de Dora e a beija também, de um jeito jocoso para que ela não se apavore. Mesmo assim, ela se assusta. Pouco depois, ao descascar batatas, quando por acaso ele lhe toca a mão, ela também se assusta, menos por ele do que por si própria, por sentir-se viva e à mercê, como se não tivesse a menor chance.

Após o jantar, no domingo, vão passear. Combinaram um horário exato, num momento em que a praia estivesse vazia, pois não querem magoar Tile, que ainda age como se o Doutor lhe pertencesse. À tarde, quando todos vão para a água, Dora surpreende-se ao se comparar com Tile. Tile começa a correr pela água tranquila, chapinhando, mas o Doutor, que ao seu lado parece ainda menor e mais delicado, sequer olha para ela. Também olha para Dora rapidamente, mas ela pensa sentir que ele a examina, braços, pernas, nádegas, peitos, sim, e fica satisfeita que ele perceba e reúna tudo em uma imagem, confirmando-a mais do que questionando, como se conhecesse sua maior parte há tempos. A água está morna e calma, por um tempo hesita em entrar, Tile já se impacienta, quiçá ela não tenha observado a cena.

A irmã é mais educada do que afetuosa quando o Doutor as apresenta pela manhã. Já se conhecem pelas histórias que ele contou. Elli sabe que Dora é cozinheira e prepara lá na colônia de férias a melhor comida de Müritz, e Dora sabe que não conheceria o Doutor sem Elli. Esta gosta como a outra fala dele; seu irmão, diz ela, infelizmente não é um bom garfo, apenas com muita paciência e amor é possível convencê-lo a comer um pouco aqui e ali.

Dora traja o vestido de praia verde-escuro para o passeio. Já passa das nove e ainda está bastante claro, fica feliz por caminhar ao lado dele e sentir que não deixa de se alegrar. Poderiam sentar-se num dos bancos em frente do primeiro cais e observar as pessoas flanando, mas o Doutor quer seguir até o segundo. Dora havia tirado os sapatos, pois prefere andar pela areia, o Doutor lhe oferece o braço e chegam novamente ao assunto Berlim. O Doutor conhece a Berlim dos anos pré-guerra, ela se surpreende com quanto ele conhece, ele diz o nome de alguns lugares que foram importantes para ele, o hotel Askanischer Hof, no qual certa vez passou uma tarde aterrorizante, mesmo assim gostaria de voltar a Berlim tantos anos depois. Sério?, perguntou ela, que chegara por acaso à cidade há três anos. Ele pergunta em que região ela mora, como é lá, quer saber as coisas mais estranhas, o preço do pão e do leite e da calefação, o clima nas ruas cinco anos após o fim da guerra. Berlim é miserável e febril e cheia de refugiados do leste, explica ela, o bairro no qual vive é cheio deles, famílias maltrapilhas cantarolando em todos os lugares, vindas do terrível Leste Europeu.

Nesse meio-tempo, o passeio pela praia chega ao fim, sentam-se num banco estreito, no terço posterior do segundo cais, sob a luz fraca de um lampião. Ainda estão em Berlim, o Doutor conta de seu amigo, Max, que tem uma namorada chamada Emmy lá. Agora, infelizmente, ela precisa dizer algumas frases sobre Hans, ao menos precisa mencioná-lo, em especial por que o Doutor fala de uma mulher em sua vida, mas isso faz cem anos. Tudo faz cem anos. O Doutor começa a sonhar como seria se ele fosse para Berlim, ao que ela responde, seria ótimo, pois assim ela poderia lhe mostrar tudo, os teatros, as revistas, as multidões na Alexanderplatz, embora haja recantos tranquilos mais para fora da cidade, em Steglitz ou perto do lago Müggel, onde a cidade se aproxima do campo. Quem imaginaria, diz o Doutor, viajo para o mar Báltico e aterrisso em Berlim. Ele diz que está muito contente de estar ali com ela. Ela também está feliz.

 O cais esvaziou pouco a pouco, logo será meia-noite, aqui e ali se vê um casal, as gaivotas dormem nos postes de amarração, e as luzes dos hotéis se apagam. Sopra uma leve brisa, o Doutor pergunta se ela está com frio, se quer ir embora, mas ela gostaria de ficar mais um pouco, ele poderia lhe contar sobre a moça em sua vida ou sobre aquela tarde, caso não seja a mesma coisa, e o Doutor diz, é praticamente a mesma coisa.

 À noite, ela fica acordada por muito tempo. Por volta da uma e meia da manhã ele a levou para casa, pouco antes irrompera uma tempestade, parece cair direto sobre a colônia de férias, pois entre raio e trovão transcorrem apenas alguns segundos. Metade da casa parece estar acordada, até mesmo Tile em sua cama, que pergunta de pronto onde Dora estava. Você se encontrou com ele? Dora responde, sim, fomos passear um pouco, e agora esse estrondo. Elas esperam até a tempestade passar, percebe-se que lá fora a temperatura caiu, Dora abriu a janela e olhou para a sacada do Doutor, mas vê apenas escuridão.

 Chove até a manhã seguinte e segue até a noite, o Doutor chega apenas à tarde, mas agora quase se tornou costume: ele se senta e a interroga, como se suas perguntas nunca se esgotassem.

Ela gosta da formalidade do *senhor*, que serve apenas de fachada, como ela sabe, um disfarce temporário do qual ela se livrará um dia. Ela pode dizer: Pensei no senhor, hoje no desjejum falamos sobre o senhor, o senhor ainda pensa em Berlim? Ela pensa a todo o momento. Às vezes repreende a si mesma, pois são apenas sonhos, talvez, em pensamento, ela já tenha levado o Doutor a seu quarto na Münzstrasse, embora não aprecie em nada o quarto, não tem água encanada, no fundo é apenas um cômodo com armário e cama em um pátio escuro.

Ela acredita que ele tenha cerca de 35 anos, ou seja, deve ser quase dez anos mais velho do que ela. Não é saudável, ele disse, seus pulmões haviam se constipado, por isso o mar e o hotel na floresta; apenas porque há anos sua saúde é fraca que ela o encontrou.

É sua boca, a fala, que é como um banho, como ele a impregna de tranquilidade. Nenhum homem havia olhado para ela daquela forma, ele vê a carne, a agitação e o tremor sob a pele, e isso a satisfaz.

Fica muito feliz quando, certa vez, ele conta um sonho. Nele, viaja para Berlim, há horas está sentado no trem, mas por qualquer motivo ele não avança, para seu desespero ele para a todo momento, não chegará lá a tempo, é esperado na estação de trem às oito da noite, e agora são sete, e ele ainda não passou pelas fronteiras. Esse é o sonho. Dora também tinha tais sonhos às vezes e achava que o mais importante era ele ser esperado. Ela não se importaria com a espera, diz, ficaria sentada em um banco durante metade da noite. O Doutor diz: Sim, de verdade? Até ontem ele a havia tratado por senhorita, o que ela gostava, mas agora ele simplesmente a chama de Dora, pois Dora significa *presente*, ele precisaria apenas tomar o presente para si, é o que ela espera.

3

O QUE MAIS SURPREENDE o doutor é que ele dorme. Está prestes a se lançar a uma nova vida, precisava temer, precisava duvidar, mas dorme, os fantasmas não se deixam entrever, embora ele espere sem cessar os antigos embates de sua mente. Mas desta vez não parece haver qualquer batalha, há a maravilha e o plano que surge dessa maravilha. Ele não pensa muito nela, ele a inspira e expira, às tardes na cozinha, quando passeiam em pensamentos por Berlim, quando dela emana um aroma. Às noites, na cama, ele se detém aqui e ali em uma frase, um pedaço de pele, as franjas do vestido, como ela segurava o garfo durante a refeição, ontem, quando perguntou a ela sobre seu pai, que é um judeu fervoroso e com quem ela há muito vive em discórdia. Por enquanto, ela não emerge em seus sonhos. Mas ele não a perde no sono, sabe logo pela manhã que ela está em algum lugar, como se houvesse uma linha entre eles pela qual se atraíssem mútua e vagarosamente. Até agora quase não a havia tocado, mas não apenas está certo de que chegará o dia no qual a tocará, como não se odeia por isso, quase como se fosse seu direito, e o horror, uma superstição ultrapassada.

Há uma semana eles se encontram todos os dias. Suas irmãs e os filhos, ele os via em geral no café da manhã, apenas ontem teve de ouvir que tinha muito pouco tempo para eles. Elli disse isso, mas na verdade estava bem satisfeita com ele e a tal Dora e com o fato de ele ter com o que se ocupar nessa sonolenta Müritz em vez de passar suas noites com aquelas histórias estranhas. Sobre o trabalho, o Doutor preferiu nunca falar. Se perguntassem sobre isso, ele responderia que não escreve nenhuma carta, nem mesmo a Max, a quem ele poderia contar que estava pensando em ir para Berlim. Mas, além disso, a possibilidade é muito ínfima, mais uma brisa que um pensamento, algo que quase não se deixa conceber em palavras e por uma única frase errada, assim ele teme, se desvaneceria.

 Seria do agrado de Max que ela fosse do Leste. Como as cidades estão cheias de refugiados, todos falam do Leste, inclusive Max, que espera de lá a salvação para todos os judeus, mas não existe salvação, nem mesmo vinda do Leste.

Quem vem do Leste deixou sua vida para trás do dia para a noite, por isso Dora é muito mais livre que ele, mais desvencilhada e, por isso, ao mesmo tempo mais ligada ao Leste, alguém que sabe onde estão suas raízes exatamente porque as arrancou. Para o Doutor, ela não parece ter uma mente sombria, como Max provavelmente afirmaria, como se ela tivesse saltado de um romance de Dostoiévski. Emmy também é tudo, menos sombria, pois a amada de Max é uma berlinense genuína, loura e de olhos azuis, e o único segredo que tem é sua ligação com Max. Apenas com ela ele saberá o que é satisfação carnal. Ele já fez diversos comentários ao Doutor nesse sentido, por sorte sem entrar em detalhes, mas Max é seu amigo, é casado, a encantadora Emmy o tirou um pouco dos trilhos, como parece. Felizmente, não vivem na mesma cidade, o que também é uma pena, pelo menos para Emmy, que já reclamou sobre o fato de eles se verem muito pouco. Também com o Doutor ela se lamentou, ele a visitou numa ida até seu apartamento nas proximidades do Jardim Zoológico e pediu que ela se colocasse no lugar de Max.

Dora ri com tais histórias. Estão sentados na praia e contam histórias de esperas. O Doutor também esperou metade de uma vida, ao menos é essa a sensação quando olha para trás, as pessoas esperam e não acreditam que mais alguém virá, e de súbito é exatamente o que acontece.

Na manhã seguinte, a chuva cai aos cântaros. O Doutor está em pé na sacada e observa na colônia um grande vai e vem, pois hoje metade das crianças retorna a Berlim. É domingo, Tile também precisa voltar, perto das onze ela se posta no hall de entrada com sua capa de chuva e luta para conter as lágrimas. O Doutor havia comprado para ela um presente de despedida, um cachecol vermelho-rubi que ela descobrira dias antes em uma vitrine. Falava sempre desse cachecol, por isso não consegue se segurar de alegria. Nos vemos em Berlim, promete o Doutor, com isso diz apenas que ele a visitará na livraria na viagem de volta. Apesar disso, ela está chorando agora. O Doutor pergunta, mas por quê, e ela sacode a cabeça e afirma que é de felicidade. Ele tem o endereço? O Doutor confirma com a cabeça, anotou tudo, escreverá para ela assim que souber exatamente quando chega, pois, se continuar a chover desse jeito, suas irmãs logo quererão voltar para casa. Agora a despedida leva muito tempo. Tile esfrega o cachecol, o Doutor a tranquiliza novamente sobre seus pais, viver com eles novamente é algo que ela não gosta de imaginar, mas o Doutor diz, você precisa, pense em suas sapatilhas de dança, você prometeu.

Ele está quase aliviado por ela ter ido embora. Não falaria isso na frente de Dora, mas também ela parece aliviada, embora logo deem falta de Tile. Enquanto a garota estava lá, sentiam-se observados, não estavam livres, mas sem ela ficavam à vontade.

Apesar do mau tempo, combinaram um passeio. Dora disse que passaria para buscá-lo por volta das dez, o Doutor está em seu quarto e lê, e então ela chega com mais de meia hora de antecedência. Ela correu pela chuva, o cabelo pesado, o rosto, tudo está molhado. Por um momento ela parece estranha ao doutor, pois está no quarto dele. Pois bem, é aqui que o senhor fica, ela diz, ainda na soleira da porta; ela espera não estar incomodando. Não lança olhar algum para o quarto, apenas fica ali, sorrindo, olha para ele, o Doutor precisava apenas pegar seu casaco, mas em vez disso, sem qualquer aviso, ele a abraça. É mais um pender de corpo, quase um deslizar, beija os cabelos e a testa, e então sussurra, mesmo os beijos são mais ou menos sussurrados, ele está cheio de alegria. Desde que ele a descobrira na cozinha, está cheio de alegria. Sim, ela diz. Ela continua encostada à porta, como se ainda esperasse que partissem, o casaco dele pendurado lá na frente do armário, ele precisa apenas pegá-lo, mas não o faz. Fala sobre Berlim; se ela quiser, ele irá ainda neste verão para Berlim. Ele fala sério? Ela meneia a cabeça, beija a mão dele, as pontas dos dedos, e então precisa finalmente tirar esse casaco idiota. Ela parece congelar de frio, o quarto não é bem aquecido, ela traja um vestido que ele não conhece e com o qual está fadada a passar frio. Não vá embora, ela diz quando ele ameaça se afastar rapidamente por causa do casaco, então ficam por muito tempo ali, um pouco tortos, algo entrelaçados, quadril com quadril, como um casal. Ela sentiu falta dele de imediato, diz ela, naquela vez, na praia, embora ela mesma não acreditasse. Agora acredita. É possível acreditar em beijos? Ela quer saber o que ele acha, agora, nesse momento, se ele pensou nisso. Não, não diga, ela sussurra, embora não fique claro por que está sussurrando. Dora vai até a sacada e balança a cabeça, pensando no clima, no que diz respeito ao clima sempre é azarada. Agora está sentada no sofá ao lado da porta da sacada, onde ele lê às vezes, o Doutor faz uma observação sobre o vestido, ela o trouxe de Berlim, o que faz com que ele lembre a Dora que houve um tempo antes deste verão e o que ele realmente quer saber sobre esse período. Chama a atenção dele como ela é jovem, ainda tem a vida toda pela frente, ele pensa, com que direito, então, ele entra nessa vida?

À noite vêm as dúvidas. Não é uma luta que já conheça e mesmo assim ele fica até o raiar do dia acordado, as horas são longas, não há como pensar em dormir. Ao mesmo tempo, os pensamentos passam lentamente por ele, consegue examiná-los com calma, sem grande emoção, como percebe com surpresa, como um guarda-livros que elabora um balanço e não duvida dos números. A sequência é igual, ele recebe as perguntas como elas chegam, as repassa uma após a outra, e novamente, e de novo. Ele está doente, é quinze anos mais velho do que ela, mesmo assim poderia tentar viver com ela em Berlim, pois nunca se sentiu atraído por outra cidade. Essas são as circunstâncias, que ele acredita serem razoavelmente felizes, sem contar os beijos da manhã. Tudo mais era ruim: nos dias em que havia passado próximo ao mar não havia engordado, sentia-se fraco, não sabe como conseguirá explicar aos pais que havia alguém lá, uma jovem justamente do Leste, que seu pai tanto despreza. Deve aparecer diante dele e dizer: Eu a conheci lá em Müritz e vou com ela para Berlim? Formula diversos começos, tenta primeiro com a mãe, então com o pai. Pergunta-se o que há de tão difícil nisso e, por fim, quase se acalma, começa tudo novamente para verificar se não esqueceu de nada, a situação em Berlim, a questão do quarto, e de novo: suas forças, a falta de energia pela qual ele se repreende há anos, sem qualquer resultado.

Ele conta a Robert sobre essa noite, nem tanto porque ele acredita nela, mas porque há muito é uma espécie de costume entre eles reclamar sobre as noites. Há dois anos no sanatório, quando se conheceram, sempre falavam sobre ir para outra cidade. Naquele momento, o Doutor volta ao assunto, precisavam ir embora rápido, mais tardar no ano seguinte, por exemplo, para as sujas alamedas judias em Berlim nas quais vive Dora, embora ele não tivesse dito palavra sobre ela.

Naquela tarde haviam combinado de retomar passeios dos quais sentiam falta. Desta vez, ela espera por ele, novamente com aquele casaco, um pouco hesitante, como se pudesse adivinhar de repente a noite ruim que ele passara. Ela olha para ele questionadora, mas ele finge que nada está acontecendo, pega pela primeira vez sua mão, que é pequena e está seca. Mal dão alguns passos e estão lá, onde estavam poucos dias antes no quarto dele, sempre naquele tom sussurrado, enquanto à sua volta a chuva sibila entre pinheiros e bétulas. O Doutor comenta que está confuso desde o dia anterior, tudo é perturbadoramente novo, tudo está em movimento. Não gostaria que ela se decepcionasse com ele, melhor avaliá-lo bem, e a si mesma, para não se arrepender depois. Ela diz não saber do que ele está falando. Arrepender-se? O Doutor não sabe como explicar. É um homem doente, há um ano está aposentado. Tem hábitos estranhos. Para ela saber qual era a situação, ele fala de sua tuberculose, apenas para que ela fique ciente daquilo em que está se envolvendo, pois assim ele a havia entendido no dia anterior, assim ele entende a si mesmo. Para ela, tudo bem que ele esteja doente. Não, não está tudo bem. Apenas quero estar onde você estiver, o resto se arranjará. Ele ouve principalmente o "nós", como soa, suave e determinado, como se não pudesse acontecer muito mais coisas com eles. Sobre a questão do quarto, ela já havia pensado. Conhece pessoas a quem perguntar; se ele quisesse, ela escreveria ainda hoje para Berlim. Você quer? Ela menciona alguns nomes que nada dizem a ele, no caminho da praia, no último trecho antes de deixarem a floresta, os dois trêmulos, embora a chuva já tivesse diminuído bastante. Espere, diz ela. Posso? Ela fala sobre a questão do quarto, mas talvez haja algo mais, o Doutor diz, sim, escreva, e qual céu tinha sido tão benevolente em mandá-la para ele, isso ele gostaria de saber.

À noite, no quarto, o Doutor tenta recapitular o que exatamente haviam conversado, mas de fato encontra apenas a voz dela, o silêncio que de fato acontece, e não é desagradável quando eles apenas caminham e a conversa simplesmente continua. Mais que isso ele não sabe. Está em parte tranquilo, tudo toma seu rumo, como se ele não precisasse fazer nada. Precisa por fim escrever a Else Bergman sobre a viagem à Palestina, pois tal viagem decerto não acontecerá. Não se surpreenderá tanto por ele não viajar, mas mesmo assim ele precisa esclarecer, custa-lhe escrever e fingir que no fim das contas não seria o melhor para ele. Mas ele escreve exatamente isso.

4

Leva um tempo até ela compreender o que ele quer dela. Por que hesita em tocá-la, se não há nada que ela goste mais do que isso, quando ele a busca para passear, pois agora eles passeiam quase todos os dias. Continua bem frio, mas não chove mais, o sol até apareceu, eles têm tempo, podem caminhar bastante, de mãos dadas, mas, da parte de Dora, ainda com esse tremor, como se ela pudesse perdê-lo de um momento para o outro. Ela não o entende muito bem, quando ele pergunta se ela está sendo sincera, quando ele se deprecia diante dela. Por exemplo, ele pode dizer "Quer saber a verdade?" e que poderia apenas afastá-la dele, e então ela sorri para ele e o ouve, falando de um homem que ela não conhece.

    Eles se sentam num banco no meio da floresta, e ele não facilita as coisas. Imagina os dois em Berlim, contando com a existência de um quarto, como seria. Ele gostaria que ela estivesse o máximo possível a seu lado, mas também precisa ficar sozinho, principalmente quando escreve. Ele passearia muito, por horas pela cidade, pois na caminhada surgem as imagens, diz ele, frase por frase, de modo que mais tarde ele precisa apenas anotá-las. Escreve apenas à noite. Sou insuportável quando escrevo. E então ele ri. Ela não acha a confissão muito apavorante. É estranha para ela, mas não ameaçadora. Então, o que ele teme? A mim? Você tem medo de mim? Que eu o perturbe? Se eu o perturbar, diz ela, vou embora, até você me dar um sinal de que posso voltar. Em parte, foi um gracejo, mas ele reage aliviado. Há semanas ele quase não escreve, talvez sua escrita já tenha acabado, mas do jeito que ele fala não parece acreditar nisso. Sim, você entende? Ela não tem certeza se entende, mas então ele a beija. Ele deseja um lugar no meio do verde, e ela diz sim e novamente sim, no meio da floresta, naquele banco. Às vezes eu não acredito mesmo em você, ele diz.

    Ele está com um terno novo, azul-escuro, quase preto, com finas listras brancas, uma camisa branca, colete, uma gravata que ela já conhece.

    Ela escreve ao seu amigo Georg e então para Hans, de quem chegaram dois cartões postais, mensagens em garatujas que ela não sabe como responder. Nas entrelinhas, ele a deixa saber que sente saudades, não faz nenhuma reprimenda, e por esse motivo ela hesita em lhe pedir qualquer coisa. Desde que conhecera o Doutor, ela enxerga Hans com outros olhos, como se ele fosse diminuto, alguém que não se pode levar a sério de forma alguma como homem, pois ele tem pouco mais de vinte anos, como ela própria. Apesar disso, ela precisa escrever para ele, seu pai é arquiteto, ele tem contatos de que ela necessita agora. O Doutor é o Doutor, um conhecido da praia que lhe faz uma gentileza. Ela soa um pouco formal, tem essa sensação. Em setembro ela estaria de volta a Berlim, escreve ela, espero que você esteja bem, que soa quase como se ela não tivesse muita relação com isso. Pensando bem, ela não lhe deve nada. Foram ao cinema duas, três vezes, nada mais que isso, ao menos para ela. Está feliz que o Doutor nunca tenha perguntado sobre ele, isso a teria deixado sem graça, como se fosse a única coisa possível se envergonhar por um sujeito como Hans. Depois, à tarde, eles querem passear novamente, o Doutor prometera levar as crianças para tomar um sorvete no vilarejo, por isso talvez passeiem mais tarde.

    Ontem, quando voltavam, ele disse a ela que não poderia viver sozinho em Berlim; consegue pensar em Berlim unicamente porque encontrou Dora. Por exemplo, ele não cozinha. Ela cozinharia para ele em Berlim? Perguntou como um colegial ingênuo. Não podia exigir isso dela. Ela o abraçou, beijou e disse que ele a deixa feliz, embora tivesse percebido nos últimos dias que ele mal tocara na comida que ela fizera. Ele emagreceu desde que a conhecera, e agora queria que ela cozinhasse para ele em Berlim.

Elli também diz que não está satisfeita com o irmão, ele não apenas perde peso, mas quase toda a manhã está com febre, infelizmente o tempo frio cuida do resto. Eles se encontraram rapidamente no hall de entrada. Dora entendeu as palavras da irmã como uma acusação velada, como se há muito fosse sua obrigação que o Doutor retomasse suas forças. No jantar, com as novas crianças que haviam chegado, ele deixa grande parte da refeição ou diz que comeu algo em seu quarto. Não seja má comigo, diz seu olhar, mas quando ela pensa sobre isso soa desta maneira: Você não entende, há tanta coisa que você não entende e mesmo assim você me ama.

Você é minha salvação, ele diz. E eu não acreditava mais em salvação.

Se é possível morrer de amor, sem dúvida deve acontecer comigo, e se é possível permanecer vivo pela felicidade, então permanecerei vivo.

Antes de adormecer, quando ela pensa nele, fica feliz principalmente porque ele a chama de *você*, porque não se cansa de elogiá-la, como se fosse ela quem menos soubesse quem é. Já falei do seu vestido, ele pode dizer, e algumas frases depois: Venha, leia algo para mim, pois se eles não passeiam ela tem de ler algo para ele em hebraico. Ele já leu algo do livro de Isaías, gosta mais dos profetas. Eu poderia ficar por horas a fio aqui ouvindo você, diz ele. Ou fala: Gostaria de deitar minha cabeça no seu colo; quando eu tiver coragem, lhe pedirei.

O tempo continua uma catástrofe. Contanto que possa ficar sentada com ele na cozinha, para ela não importa, mas de repente surgem planos para que ele e suas irmãs deixem Müritz. O marido de Ellis, Karl, chegou. Logo no primeiro café da manhã discutiu-se muito, pois o Doutor não come e está pesando menos que nunca. À tarde, ele conta o fato para ela. Valli trouxe à baila a ideia da partida, nem as crianças reclamaram muito; como elas não podem mais ir ao mar, estavam insuportáveis. Ele não parece feliz em face das novas perspectivas, confirma sem palavras que a partida está certa, mas cedo ou tarde eles teriam de partir de qualquer maneira, o que infelizmente significa que ele também partirá, pois sozinho, sem as irmãs, ele não consegue ficar mesmo.

No início, ela não queria acreditar. Mas por que, pergunta ela. E o que quer dizer com "sozinho"? Você está sozinho, por acaso? Ela ainda não havia provado dele ainda, quer dizer, tiveram apenas algumas horas juntos e, infelizmente, ela mesma não pode ir embora dali, pois, se pudesse, não hesitaria em segui-lo. O Doutor tenta acalmá-la, não havia nada decidido sobre a partida, embora ele precise confessar que a perda de peso não é de se ignorar, talvez encontrem um lugar mais aprazível para as próximas semanas.

Estão lá em cima, no quarto dele, ela mal consegue olhar para ele, sabendo agora que restam apenas poucos dias. Ela percebe que nunca havia acreditado na partida. Pensou que, quando as férias acabassem, eles seguiriam diretamente para Berlim. Agora ela duvida de tal plano. O Doutor está atrás dela, ela sente as mãos dele em seu ventre, como ele corre os dedos por seus cabelos, como a cheira. Ele diz: Nossos planos não mudam em nada. Nem tenho que prometer, pois se eu prometesse significaria que estou em dúvida. Quanto mais rápido eu for embora, mais depressa estarei em Berlim. Ela não sabe se acredita, se não é como o cachecol vermelho de Tile, algo que se leva para casa e não se sabe, por Deus do céu, onde usar. Amanhã chegará Puah, diz ele, acho que você gostará dela. Não se afastou dela por um instante, ainda estão na cozinha diante do fogão, as mãos dele são quentes, o que traz certo conforto – no entanto, nada mais que isso.

De fato, ela gosta de Puah imediatamente. Não está aqui apenas por conta do Doutor, mas percebe-se que eles se conhecem bem, ele aprendeu hebraico com ela, além disso ela vive em Berlim há algum tempo, de forma que existe uma ligação mútua. Ele não menciona palavra a Puah sobre seus planos berlinenses. Elogia a colônia de férias, as crianças, das quais, se for sincero, não gosta tanto quanto antes, quando ficavam sentadas toda noite no jardim, cantando e comendo, e parece que isso aconteceu anos atrás. Esta é Dora, ele diz, e Dora acha que soa como se ele dissesse, olhe, esta é a maravilha que me aconteceu. Triste, pois logo mais partiria, ele conta à noite, quando todos se sentaram juntos, que nem todos estavam de acordo com essa decisão, muito menos ele próprio. Puah diz: Então nos encontramos em Berlim. Em seguida, conversaram muito sobre a cidade, mas diferentemente de como o Doutor e ela conversam sobre Berlim, como se tudo fosse apenas ruim, sim, como se qualquer lugar fosse melhor que Berlim, onde as batatas precisam ser vendidas sob proteção policial e o Banco Nacional do Reich imprime diariamente 2 milhões de novas notas de dinheiro. Vocês ficam sabendo disso neste fim de mundo? O Doutor ri e diz que existem jornais por ali, mas Dora não está ouvindo, ela fita a expressão da outra mulher, que se chama Puah. Ela gosta do Doutor, ela mexe no cabelo quando fala com ele, faz um gracejo sobre o hebraico dele e diz que com certeza ele é seu aluno mais aplicado. De longe, seria possível dizer que Puah é irmã de Tile, Dora está quase orgulhosa que Puah goste do Doutor, não fica enciumada, ou fica apenas um pouco, também teve ciúme de Tile no início, mas ele estava lá ao seu lado, na cozinha, e queria apenas ela.

5

Quando sabe que ele viajará em breve, ela fica mais silenciosa. O Doutor lhe garantiu diversas vezes que tudo está decidido; apesar disso, ele está inquieto e cheio de dúvidas. Há dias que quase não dorme, tem dores de cabeça, que não necessariamente melhorarão com uma mudança de local, talvez nem com o clima, além disso parece que no fim das contas as coisas melhoram ali também, à tarde todos estarão novamente na praia. Então, por que ele não fica? Ele diz a Dora: Também é por Berlim. Pois, como na chegada, ele gostaria de ir rápido a Berlim, olhar algumas coisas e passear por um ou outro bairro; quando, em algumas semanas, retomar as forças, voltará para sempre. É seu antepenúltimo dia, ele está cansado, Dora passa a mão diversas vezes sobre a testa e as têmporas, ele sente que ela está triste, ele já havia declinado da noite na colônia de férias.

Ele teme ser uma decepção para ela. Ele a abandonará, não pode dizer o que o futuro reserva, e isso por si só já é uma decepção. Não, ela diz. Pare. Mais tarde, ela se senta diante dele na areia, pernas cruzadas, sorri algo questionadora, pois é a última vez que se sentará aqui, está um calor gostoso, Dora acha fantástico, quase como no início de julho, antes de ele a encontrar.

Embora ainda não tivesse feito as malas, o quarto já lhe parecia estranho. Apenas ontem, ali à mesa, ele escreveu para Tile e, dias antes, um cartão aos pais, mas, ao contrário, no último mês não escrevera quase mais nada, algo em seu diário, mas o fizera com frieza, alguns rascunhos nos quais Dora não aparece.

Há dias está lá uma carta de Robert, lamentando que está doente ou imaginando uma doença. O Doutor não pode reclamar muito, em vez disso lamenta ele próprio em sua resposta, a cabeça e o sono estavam ruins, segunda-feira partirá dali. Poderia ao menos mencionar o nome dela, mas em vez disso fala da colônia e de sua situação de convidado, que infelizmente não é clara, pois um relacionamento pessoal confunde-se com as relações coletivas. De qualquer modo, ela surge dessa maneira. De seus planos, nenhuma palavra. Com quem deveria falar sobre isso? Com Max, de quem há semanas ele não sabe nada de concreto? Com Ottla ele provavelmente poderia falar e, de repente, essa é sua esperança, durante a partida iminente, que ele consulte Ottla quando voltar. Ele se senta na varanda para espreitar as vozes conhecidas, não por muito tempo para que a partida não seja tão difícil. Sem dúvida, sentirá falta das vozes, pensa ele, do mar que talvez seja dispensável, da floresta, embora também haja florestas em outros lugares, de qualquer quarto no qual possa escrever.

A despedida é curta e radiante. Ela é muito valente, ele pensa, novamente com esse vestido, diante do qual ele gostaria de cair imediatamente de joelhos, aqui, no meio da cozinha. Não jantará com ela hoje, pois prometeu passar a última noite com as crianças, por isso foi com ela novamente para a praia. Não há muito mais a dizer. Ele pede para que ela não o acompanhe de jeito nenhum até a estação de trem. Sim, tudo bem, diz ela, e novamente ele: Até logo, e de novo ela: Sim, até logo.

Lá em cima, no quarto, ele fica aliviado que ela simplesmente o tenha deixado ir. Ainda em Berlim, ele prometeu, telegrafará, e ela: Por favor, não esqueça do que aconteceu, e agora vá, está tudo bem. Ele começa a fazer as malas, lá na colônia já estão jantando, como ela pode pensar que ele esquecerá do mais ínfimo detalhe? Elli também está fazendo as malas, as crianças não querem que ele vá, apenas perto das dez horas ele vai para o quarto. Lá na colônia tudo ficou sensivelmente mais calmo, ele vê as crianças na longa mesa, mas sem melancolia, como se já estivesse longe, em Berlim, a caminho do hotel.

Quando ouve a batida na porta, a princípio quase não percebe, como se não acreditasse em uma batida na porta, e então surge Dora. Fica claro que desta vez ela não correu, ao contrário, ela parece muito calma, algo pálida. Não chorou, mas refletiu, diz ela, metade da noite lá na colônia. Por isso ela pede de coração para ele postergar a viagem por alguns dias, pois amanhã cedo ele não pode nem deve partir. Eu peço, diz ela e de novo: Por favor. Ela volta a sentar-se no sofá, estranhamente jovem e séria, como se ela própria fosse quem mais se surpreendesse com sua vinda. Ela balançou a cabeça, sem dizer nada por um momento, então: ela não sabia que seria tão difícil. Mas não é por isso que está ali. Pensei apenas que você pudesse não ir. Pode? Não, diz ele. Talvez ele pudesse, mas agora não mais.

Durante toda a viagem de trem ele sente o cheiro dela, aqui e ali uma frase, o relance de um movimento, enquanto Felix e Gerta o importunam com perguntas, lhe mostram todos os animais possíveis, lá fora a paisagem que corre plana e vasta, o céu sem nuvens. Até as andorinhas voam de volta, mas é começo de agosto, elas ainda têm o que voar.

Na despedida, por volta do meio-dia e meia, não conversaram muito. O único pensamento era sobre como as pessoas se decepcionam, principalmente consigo mesmas, pois o maravilhamento, tão incompreensível como sempre fora, ainda não chegara ao fim, a paciência, a surpresa que o preenche até agora, como ela era suave e habilidosa. Afastou-se dele quase com tranquilidade, confusa e feliz, como se houvesse agora uma proteção, e ela disse algo parecido. E agora durma, prometa-me que vai dormir. E, realmente, ele dormiu por muitas horas, no cheiro dela, não muito profundamente, como se contasse com a volta dela, ou como se não tivesse diferença em ela estar ali ao seu lado e ao mesmo tempo lá, em seu quarto. Consegue até mesmo comer na manhã seguinte, acorda às seis e meia e põe as últimas coisas na mala, de olho para ver se há algo que o incomode, uma pequena traição, mas há apenas admiração.

Na cidade, o Doutor não tem pressa alguma, além disso ele conhece os primeiros caminhos: no Askanischer Hof, a recepção, os atendentes de libré que levavam as malas para o quarto, os lençóis vermelhos e dourados sobre a cama, poltronas e cadeiras estofadas nas mesmas cores, a pesada escrivaninha junto à janela. Embora tivesse prometido a Elli que comeria, não saiu mais do quarto, mas agora, após uma noite razoavelmente bem-sucedida e um café da manhã farto para seus padrões, ele está cheio de iniciativa. Conhece as mais novas notas de milhão numa casa de câmbio na estação de trem, onde ele compra todos os jornais berlinenses para mais tarde, num café, estudar os classificados. Os preços são horripilantes, ao menos segundo os números. Dora havia dito a ele em quais regiões ele deve procurar, em Friedenau, ela disse, o nome lhe apetece, e assim ele ruma para Friedenau, o vale da paz.

Após duas horas ele estava mais que decidido. A região tem muito verde, é calma como o interior, em todos os cantos há jardins, alamedas, mães jovens com carrinhos de bebê, na prefeitura próxima de Steglitz diversos bondes elétricos, de forma que basta um quarto de hora para chegar ao centro. Manda um telegrama a Dora dizendo que chegou bem, falando de sua primeira impressão. Gostaria de vir comigo para Friedenau?

Também contou para Tile, a quem visita à tarde na livraria, sobre Friedenau, quase como se precisasse se acalmar, pois no caminho vira tantas coisas terríveis, figuras esfarrapadas que mendigam no meio da rua, além do barulho horrível, a multidão e o empurra-empurra, porque em todos os lados há muita gente. Tile havia esperado por ele, mostra para ele seus livros, atrás, à esquerda, o novo romance de Brenner. Ela se alegra, pensou nele, protege o cachecol vermelho como seus próprios olhos. Ela preparou uma xícara de chá para ele. Ele tem permissão para sentar-se atrás de um balcão que é utilizado como escritório, enquanto ela atende os últimos clientes, e cede ao cansaço, ou seja lá o que for agora, um certo vazio que não é desagradável, um breve momento no qual as coisas são como são.

No dia seguinte, ele continua sua caminhada pelas ruas, descobre dois parques, senta-se num banco do Jardim Botânico por uma hora à sombra, pois, como ontem, está muito quente, tanto que não há quem queira caminhar de verdade. Ele fica contente quando reconhece algo, nas ruas silenciosas em torno da prefeitura um jardim com malvas, uma garota loura que empurra um grande pneu com uma vareta sobre a calçada. No início da tarde, pede um sorvete num bar com jardim, começa uma carta a Max e a deixa de lado em seguida, sente-se como abandonado. A cada hora ele percebe com mais força o efeito maléfico de estar sozinho apenas por um dia, escreverá depois, mas agora apenas fica ali, sentado, sem sentimentos pelo local. Em torno dele estão famílias com crianças, é quarta-feira, o pátio ajardinado não está muito cheio, uma garçonete gorda traz de volta a um garoto choramingante o balão de gás perdido, em todo lado as vozes, o vozerio, gargalhadas isoladas; duas mesas adiante, dois casais conversam sobre dinheiro, algo sobre malas que as pessoas têm usado ultimamente. Logo haverá no banco, diz a loura, e eles riem como se os tempos sombrios fossem uma piada momentânea. Sua exuberância quase conforta o Doutor, ele tenta se repreender, está sozinho, mas quis exatamente isso, e ele não está sozinho, ainda ontem à noite ele estava no teatro com Tile e duas amigas em uma apresentação de *Os bandoleiros*.

Mal deixa Berlim e sua coragem diminui. Na cidade estava ruim, mas o que o esperava é ainda pior. Senta-se no trem e precisa tomar cuidado para não perdê-la, como ela está em pé junto dele no quarto, leal e ao mesmo tempo orgulhosa, como se fosse invulnerável.

Assim, tentou se preparar. Elli e Valli terão mandado um relatório para casa, que ele havia emagrecido muito, que a viagem havia sido um desastre; já a viagem na primavera fora um desastre; apesar disso, toda vez há uma decepção. Elas o obrigarão a comer, não o deixarão em paz, com um leve menear de cabeça, por volta do meio-dia, se ele ainda não tiver acordado, como se ele nunca tivesse compreendido como se vive de verdade.

6

Ela não sabia de verdade como é; tem 25 anos e não tinha a menor ideia. Dora consegue apenas surpreender-se consigo mesma; pula e ri, era tão boba até conhecê-lo, somente agora ela entende.

Não pensa muito nos tempos de antes. Aconteceu uma coisa e outra, a maioria nem vale a pena comentar, talvez o caso com Hans, outrora com Albert, a tarde no hotel sobre a qual não é necessário falar mais, e no início ela esperava viver com ele em algum momento, e como ele não apenas a enganou, como ela demorou para entender e então achou que pereceria por isso. Na verdade, pouco se lembra dele. Também de si própria quase não se lembra, como se o Doutor tivesse apagado sua vida pregressa. Ela não sabe como isso pôde acontecer. Agora não importam os beijos e abraços, pensa ela, as frases ridículas que se diz e que talvez sejam verdadeiras; ele está longe, e todas as frases podem ser ditas: Sou sua, não vou embora se você não me mandar embora, não vou mais embora. Ela não gosta que ele tenha partido, mas não é insuportável. Se ela não o tivesse visitado no último momento, seria insuportável, mas não é, repuxa e persiste, como se fosse uma dor, mas nem dor é.

Além do telegrama, infelizmente não soube mais nada dele. Um mensageiro o trouxera, na última quinta-feira, enquanto ele estava em Berlim.

Sabe que ele não lhe pertence. Suas mãos, mais provavelmente, imagina ela, as palavras que ele lhe disse enquanto lá fora amanhecia. São frases que ela conhece quase de cor. Por metade da noite ela consegue recitá-las de cor, as vozes das crianças que no começo os apressavam, o silêncio, os escrúpulos dele, ele conhecia cada dia com ela, cada primeira vez, pois com você tudo sempre acontece como da primeira vez.

Sua letra é uma surpresa, leve e cheia de volteios. A carta não é longa, sem saudações, de forma que ela primeiro procura seu nome, no lugar onde ele fala sobre a despedida. A mais maravilhosa D., ela encontra e um mais abaixo: Por favor, espere em Müritz por mim, o que soa quase como se em poucos dias ele estivesse de volta.

Ele não consegue falar muito de sua situação, a família o recebeu amistosamente, mas, ainda assim, ainda assim. Se eu não fosse tão miserável, teria virado as costas ainda na estação de trem e pegaria o próximo trem de volta para você. Ele comenta sobre a visita a Tile, então com muitos detalhes sobre sua ida a Friedenau. Ele teria circulado por lá quase feliz por duas tardes. Em todo lugar, seria a Terra de Dora. Müritz é a Terra de Dora e esse maravilhoso bairro de Friedenau, não menos, e assim viajo dia e noite entre essas duas terras. Ele não esqueceu. Algo ele compreende apenas agora, como ela fora gentil e esperta, como se ela soubesse desde sempre tudo sobre ele.

Por volta da meia-noite, ela terminou sua resposta ao cartão postal, até o último momento em dúvida, pois no fundo ela havia apenas balbuciado. Assim, Terra de Dora é Friedenau? Então, busquemos algo em Friedenau. Por acaso, seu conhecido havia escrito há pouco, estaria disposto a ajudar, no entanto precisava de informações exatas, o número de quartos, um preço. Tirando isso, ela não conseguiu dizer a maioria das coisas. Ela teria gostado que ele descrevesse o quarto em que estava, a vista da janela. Bem no início ele falara sobre isso. Não havia uma igreja? Parecia estrangeira, ela não sabe mais. Ainda sabes, Isaías? Ela gostaria de ler para ele, pois com as crianças não é o mesmo, nada é o mesmo desde que ele partiu, apenas ontem ela ficou por muito tempo sob sua sacada, o quarto já está ocupado, uma mulher mais velha está lá, mas ela tem esse direito?

Ela não espera. Lê em cada oportunidade o que ele escreveu, fala com ele, está inquieta, mas não perturbada, além disso tem as crianças, três refeições por dia, ela se senta na cozinha, onde ele ainda está, à tarde na praia, onde as crianças tiram sarro dela porque ela não ouve bem, pois seus pensamentos sempre estão noutro lugar.

Ele mandou dinheiro para ela, muitas notas em uma moeda estranha, para o qual não tinha explicação. No primeiro momento ela entendeu que seria uma espécie de adiantamento para o quarto, mas então ela lê o que ele pensou, o dinheiro é para ela, em algumas semanas ela não teria mais trabalho em Müritz, apenas para o caso de ele não conseguir voltar a tempo. Ela não precisaria trabalhar em Müritz. Ele soa exultante, como se tivesse certeza de ter feito o correto, mas de pronto ela sabe que não quer o dinheiro. A manhã está no fim, ela precisa cuidar do almoço, mesmo assim ela continua pensando no dinheiro que devolverá ainda hoje, o caso seria um mal-entendido, por favor, entenda, isso é um pouco ofensivo, de qualquer forma desnecessário. Ao fazê-lo, ela não refletiu se talvez fosse necessário, tem um visto de residência até o fim de agosto, e se ele não estiver aqui até lá, sim, e então?

Paul, um dos monitores, pergunta o que há com ela. Está preocupada? Paul é universitário, gosta dela, ela talvez devesse confiar nele. Mas não consegue. Preocupação não é a palavra certa. Ela já tivera a experiência de como alguém pode se machucar. Também machucar-se não é a palavra certa, pois ela quase aprecia a possibilidade de ele machucá-la, sim, ele poderá vê-la, ela diria para ele, veja o que você fez de mim, mesmo isso eu permito.

Uma das garotas levou a carta para ela até a praia. Ela já fora até a água e está sentada na areia ao lado de sua cesta, vê a garota com a carta, ao longe, a letra dele, então o nome dela, como ele o escreve, na diagonal sobre metade do envelope, as primeiras linhas que a acalmam de pronto, não por ele se desculpar pelo dinheiro idiota, algo fraco, não totalmente convencido do porquê de ela não aceitar, mas porque ele sente falta dela, de cada linha que ela escreve para ele, porque ele não consegue viver bem sem ela. Não soa feliz, pensa ela, mas a carta é de ontem, ele ainda não chegou direito. Amanhã me encontrarei com Max, ela lê, e por isso também haverá um tempo para eles, um amanhã, e apenas ao reler ela compreende que amanhã é hoje ou mesmo ontem. Nem palavra sobre seu quarto, quando ele acorda, como estão seus pais. Apenas Ottla aparece num momento, no qual ele está sentado numa mesa, uma vista da janela que para ela não é vista. Em vez disso, ele escreve: Quando passo os dedos pelo seu cabelo em meus mudos pensamentos, fico feliz, mas é como se não fosse verdade. Toda minha vida hoje não é verdade, de alguma forma apenas ocorre enquanto a vida contigo não acontece, mas sem dúvida é verdade.

7

Max chegou muito tarde, pouco depois das onze. Conversaram por boas três horas, com uma sensação inicial de estranheza, na primeira meia hora, na qual se falou apenas sobre o Doutor. Max estava visivelmente chocado pela aparência dele, queria saber quanto ele pesava, se tossia à noite, se tinha febre, o que o Doutor negou com mais ou menos veracidade. Sentia-se fraco, por isso ficava tanto tempo deitado, com frequência até o meio-dia e então novamente por metade da tarde, lia, tentava cochilar, ia ao correio, então novamente para a cama, a tentativa de comer, escrevia quase nada, em suma: estava fazendo o seu melhor. Já escrevera sobre Berlim, sobre a colônia, pois desde que conhecera a colônia o Doutor não é mais o mesmo.

Conheci alguém, ele diz. Uma mulher do Leste. Dora. Confiou nela de pronto, era muito jovem, muito judia, nela tudo vinha de muito longe, ele punha todas as suas esperanças nela, pois vivia em Berlim. Assim que eu restabelecer minhas forças, vou para Berlim com ela. Assim disse ele. Soava maluco, admitia ele. Acha que estou maluco? É como um milagre. Em princípio o amigo acreditava no tal milagre, para Max metade da vida era feita de milagres, e o único que duvidava deles era o Doutor.

Agora era a vez dele. O que tem a dizer? Max consegue dizer apenas que está feliz, não se alegra por ninguém tanto quanto pelo Doutor. Como que para provar, o abraçou. Gostaria de saber se o Doutor tinha uma foto dela, esperava conhecê-la em breve. O Doutor diz: Não imaginava existir uma criatura como ela. Se tivesse de descrevê-la, diria que era muito carinhosa, falava com fluência iídiche e hebraico. Estou com 59 quilos, confessa ele. E continua: Max. Posso ir para Berlim com 59 quilos? Claro que não. Precisa ter paciência. Berlim não fugirá dele, aconselha o amigo. A cidade está em polvorosa, comenta Max; sua Emmy lhe escrevera, o pior ainda estaria por vir.

Ele lê a carta dela em pé diante da janela, aliviado por ela não estar brava, de fato o dinheiro nem sequer foi mencionado. Ela está na praia. Quase pode dizer que a vê, como ela se senta ali e escreve, como se ele não estivesse tão longe. Tudo é próximo e familiar. Enquanto ela escreve, um vapor acaba de aportar no cais, ele vislumbra a cena de pronto, em todos os cantos damas com sombrinhas coloridas no braço de seus pares ocupados, à frente as crianças enfeitadas, um ou outro cão, uma governanta vestida com rigor, uma senhorita divertida. A maior parte das coisas ele vê diante de si: o horizonte leitoso, a espuma ondulante na praia, embora muito já tenha se esvanecido, o cheiro da água na tenra manhã, as cores, detalhes aos quais infelizmente ele não atentou o suficiente, um antigo broche que Dora trazia no peito, seus sapatos, os dedos dos pés, tinha algo com os dedos dos pés. Seus olhos azuis acinzentados. Conhece seu olhar, mas talvez não a impressão de que algo o arrebata ali, também agora, enquanto ele lê o que ela lhe escreveu, uma mulher do Leste, aos 25 anos.

Também M. estava com 25 anos quando ele a encontrou. Antes dela, F. estava com 25 e apenas poucos anos mais velha que Julie. Claro que há anos ele conhece apenas mulheres com 25 anos. O que esse fato diz sobre ele, que nesse meio-tempo alcançou os quarenta? Que ele permaneceu jovem? Sobre a maneira como ele evita tornar-se adulto? Ele reflete sobre isso por um tempo. Se dá conta de que quase todas eram judias. A suíça não era judia, M. também não. Como encontrou M., arrancou o coração de Julie de seu corpo vivo. Agora, na distância de tantos anos, lhe parece incrível que tivesse condições de fazer aquilo.

Dora escreve que pensam nele. A areia pensa nele, a água, a colônia, as mesas e cadeiras, as paredes em meu quarto quando não durmo à noite e percebo como sinto a sua falta.

É noite de domingo, o Doutor está na cama e escuta o ruído da rua, lá adiante na cozinha a voz da mãe, os passos do pai, as batidas do relógio carrilhão, os momentos nos quais o silêncio chega, de longe seu coração, em suas têmporas o pulsar do sangue, como ele se imagina, não cansado de verdade, meio à luz do ocaso, devaneando em pensamentos. É simples, está feliz por Dora não vê-lo assim. Pularia de imediato da cama de vergonha e, no fim das contas, seria bom, pois sem Dora faria de tudo para não sair da cama. Deitado ele observa ao mesmo tempo da porta como fica ali, deitado, com os olhos na mãe que não para de lhe trazer coisas, por último uma tigela de coalhada, pois quase não comeu nada à mesa.

Até agora ninguém lhe fez perguntas, nem sobre as semanas em Müritz, tampouco sobre o futuro próximo. A mãe perguntou assim, de passagem, um pouco compassiva ou mesmo ofendida. Sabe que ele não voltou por gosto para casa, que não se sente bem, que de alguma forma ele apenas suporta os dias. Como sempre, ele também a subestima. Ela não quer acreditar, por exemplo, que a viagem tenha sido um fracasso. Ela diz: Espero que você tenha vivido algo na Alemanha que o tenha feito feliz. Aquilo para você lembrar. O Doutor fica surpreso, lhe dá razão de pronto, sim, muitas coisas me trazem bastante contentamento. E ela: Então está bem. Fico feliz. Na porta, ela se vira novamente. Seu pai também está preocupado. Todos nós.

Ela já se aproxima dos setenta anos, parece cansada, sempre ouvem-na suspirar, mais para si, de preocupação com tudo e todos.

Ele assinou o contrato com a editora dias antes e o enviou a Berlim. Apenas após seu nome ali embaixo, como se fosse o primeiro passo que ele admite apenas em parte, mas que precisa dar para não perder a fé.

Agora os jornais escrevem diariamente sobre a queda incessante do marco e sobre como ele lança os alemães cada vez mais fundo no abismo da infelicidade que eles mesmos causaram. O ritmo é fantasmagórico. Um litro de leite custa 70 mil marcos, um pão 200 mil, o dólar está em 4 milhões. Pelos céus, quanto custará o aluguel do quarto, caso esse quarto venha a existir?

Ottla escreveu um cartão no qual perguntava como ele está, o que pode fazer por ele. O Doutor não sabe muito bem como deve responder. Dias atrás ele começou a escrever para ela, em alusões a Müritz, ao que aconteceu com ele lá, o que significa para ele. Não postou a carta. Ottla tem outras preocupações além de seu irmão confuso, anêmico. Ela decerto não percebe que ele gostaria que ela o arrancasse dali, pois exatamente é essa sua esperança, que ela apareça na porta e diga: Venha, qualquer lugar é melhor que esse quarto.

Dora gostaria de saber em que tipo de acomodação ele pensou. Poderia me escrever, por favor, para que meu conhecido berlinense saiba o que procurar? Com ela tudo voltara ao que era desde que ele foi embora, na colônia lhe faltava o ânimo. Esta semana e a próxima ainda, então acaba. O que faz o sono? Consegue dormir? Quando estive na praia, dormi como uma marmota, mas na maioria das vezes não resta tempo, a todo o momento alguém quer algo de mim, o tempo todo fico sentada na cozinha, que reclama para mim todos os dias que há muito não vê você. Lembra-se ainda de que fomos até à água? Quando virá? Venha logo, eu lhe peço. Se tiver um quarto, você pode mesmo vir.

Ela pensava no quarto, o que o consolava. Precisava de uma cama, de uma mesa para escrever. Além disso, nada mais. Um sofá seria confortável, calefação para quando esfriasse, luz e água. Por um momento ele pensou: é possível. Ele a encontrou. Por isso é possível.

Ottla interrompeu por um dia seu veraneio. Apenas por ele, como fica claro, Elli e a mãe não mediram palavras em suas cartas. Ela olhou para ele rapidamente e decidiu logo que ele precisava sair dali, ir para o interior, para o ar fresco. Num primeiro momento, ele hesita, envergonhado, embora esteja grato e aliviado, pois ela tem as duas pequenas e, mesmo assim, pensa nele. De início não se discute muito. Ottla está no quarto para ajudar com as malas, mede a temperatura na testa dele, fala de suas acomodações com o comerciante Schöbl, que ele também precisa de roupas quentes caso o tempo vire, e fica claro que não serão apenas alguns dias. Podem ficar até o fim de setembro. Ele se apavora, pois são mais de quatro semanas, mas sente-se fraco, febril, por isso não se opõe.

8

Às vezes ela levanta à noite e fica cheia de dúvidas: se ele vem, por que esteve tão segura todos os dias, mesmo agora, pois de repente tudo parece questionável, como se ele não pudesse mudar de ideia, por exemplo porque ficou seriamente doente, porque não pensa mais nisso, porque começa a esquecê-la.

Nos primeiros dias ela pensou que tinha o suficiente para uma eternidade, mas agora, inesperadamente, os mantimentos estão chegando ao fim, as coisas perdem seu brilho, no espelho seu cabelo, o olhar, os traços na pele, que está lastimável e sensível. Não sabia que o corpo se lembraria, olhos nariz boca, seus lábios, que não têm os lábios dele, o ponto sob seu umbigo que sempre o atrai. Ela sentia falta da voz dele, a forma como ele a olha, naquela vez, na praia, quando ele reconheceu com um olhar quem ela era, uma mocinha boba e apaixonada do Leste, mas ao mesmo tempo diferente, ao menos para ele, que viu nela algo que ninguém vira até então. Não se achava muito bonita, mas naquela vez, na praia, aos olhos dele quis ficar bonita, também mais tarde, no cais, quando ela percebeu que ele sentiu sua falta e que aceitava a saudade e não queria outra pessoa que não ela.

Na polícia de imigração, foi informada de que a permissão de permanência não seria renovada; não há um novo trabalho em vista, ou seja, ela precisa voltar a Berlim. Ela fala com Paul apenas com insinuações, pois não quer ir embora de Müritz. Prometera esperar por alguém ali, talvez haja alguma vaga temporária num hotel. Na agência de trabalho, lhe deram pouca esperança, com o fim das férias muitos hóspedes voltam para casa, praticamente não havia necessidade de novos empregados.

Paul suspeita logo quem ela aguarda. Ela não diz não, nem sim, o que no fim das contas é uma resposta, e então confessa: Sim, o Doutor. Agora, olhando para trás, Paul percebe que desde o início havia algo, uma faísca, nas refeições, quando o Doutor falava com ela, no jeito como a olhava, como nenhuma pessoa olha para outra. Ele não é um pouco velho para ela? Paul está nos primórdios dos vinte, para ele um homem de trinta anos é velho. Mas, por esse motivo, agora fala muito bem dele, o Doutor era um homem extraordinário, muito gentil e cortês, um escritor muito bom, afinal metade da colônia se apaixonou por ele.

Ela revelou que ele vai com ela para Berlim.

O Doutor? E por isso você o esperará? Seria melhor você esperá-lo em Berlim. Quando ele estará aqui?

Infelizmente, isso ela não sabe, mas, se ela precisar ir embora dali, não gostaria de jeito nenhum de ir para Berlim sozinha; só voltará a Berlim com ele.

Ele foi com a irmã para o veraneio. Ontem, após a conversa com Paul, havia um cartão no correio, e agora ela não sabe o que será. A irmã não estaria muito satisfeita com ele, por isso ele fora com ela por uns dias para o interior. O nome não diz nada para ela. Schelesen chama-se "o lugar". Ottla foi muito enérgica, praticamente não lhe deu escolha. Eu pareço uma assombração, disse ela. Quer viver com uma assombração em Berlim? Ontem, na cozinha, ela pensou apenas: Não, por favor não, meu querido, você seguiu para a direção errada, dê meia-volta, o que será de mim?

Paul havia perguntado pela manhã, pelos céus, o que havia acontecido. Más notícias? Ela não sabe se a notícia é ruim ou apenas uma notícia, a parte com a assombração, e agora, aos poucos, ela começa a se acalmar. Se não for possível de outra forma, no fundo é bom. Ela precisa apenas saber onde ficará nas próximas semanas. Poderia ficar com sua amiga Judith, que passa o verão num vilarejo próximo a Rathenow; talvez possa ficar lá até os próximos acontecimentos.

Paul diz: Percebe-se que você não está bem, mas se vê como está feliz. Ele ajuda na cozinha, senta-se com ela no jardim, busca café e biscoitos, lhe faz elogios, mas sempre para que ela se sinta bem, como se ele falasse pelo Doutor, que não pode fazer esses elogios naquele momento. Ele vem, diz ele. Seria muito tolo se não viesse e, sabe-se lá por quem, a deixasse, e então ela volta a acreditar. Sente-se um pouco cansada, mas está contente, e se fossem apenas esses poucos dias, o cais, a floresta, em seu quarto uma vez e, mais tarde, a segunda vez. Mas, mesmo sem a segunda vez, se ela apenas soubesse que ele existe, para ela, se ela apenas tivesse as cartas, os telegramas, algum sinal de que ele pensa nela.

No dia seguinte, ela consegue o apartamento. Hans telegrafou, não muito amigável, mas parece que há um apartamento, um grande quarto com sacada em Steglitz, numa rua da qual ela nunca ouviu falar, com banheiro e cozinha. Primeiro ela mal consegue acreditar, mas então acredita, pula de alegria quase até o teto e mais tarde conta para Paul. Para o seu Doutor, escreve Hans. O caso tinha pressa. Até o fim da semana ela precisa decidir-se, aqui um número de telefone, o nome da senhoria (sra. Hermann), que, se houver interesse, exige retroativamente o aluguel para metade de agosto. Sem cumprimentos, apenas seu nome, assim percebe que ele não é idiota, ou por que ela teria tanto trabalho com um conhecido de praia?

De seu quarto, ele ainda não sabe de nada. Sua última carta é de anteontem e, apesar disso, é estranho que ele não tenha a menor ideia, pois do contrário estaria feliz, com certeza, mas soa preocupado, como se seus dias fossem uma batalha que não sabe ao certo se vencerá. Ele se senta na sacada ao sol, lê nos jornais que Berlim está cada vez mais complicada, decide largar todos os jornais, mas os lê a cada manhã para apavorar-se novamente.

Contei de você para Ottla, escreve ele, que você existe, o que fez comigo. Ela me fitou com olhos arregalados e então disse que conhece essa história por seu marido, Pepo, pois acontecera algo parecido com ela. Não quer ir conosco para Schelesen? Temos espaço suficiente. Vai gostar da região, o clima continua ameno, meus dois sobrinhos, encantadores. Ficam numa pequena pensão sobre uma loja colonial, no primeiro andar, com vista para a rua principal do vilarejo, que não é grande. Ele escreve de uma espécie de vale, no entorno erguem-se montes com florestas pelas quais ele passeia às vezes, escreve de um balneário que ele ainda não visitou. Com mais facilidade ela o vê em seu quarto, que ela acha tão parecido com aquele de Müritz, quando ele se senta na sacada e lê, o olhar vago sobre a paisagem arborizada e montanhosa, mas sem o mar, não como aqui, onde se fica o tempo todo com areia entre os dedos.

Meu querido, olhe, escreve ela. Pode me ver? Estou sentada no jardim, na mesa longa, e tremo por conta de Berlim. Metade de mim está aqui à mesa, metade em seu novo quarto, que acredito ser claro e espaçoso e onde quase sempre brilha o sol. Não sei para onde vou, escreve ela. Venta muito, tudo farfalha, voa, não quero ficar num lugar assim, também esta carta quer ir embora rápido, com mil beijos, sua Dora.

Döberitz era o nome do vilarejo, agora ela se lembra. Pode entrar no trem logo pela manhã, Judith avisa, precisa de muitas baldeações, mas você é bem-vinda a qualquer hora. A própria Judith chegou lá apenas na última semana, fica até o final de setembro, pois no fim das contas precisa estudar para suas provas. O que se pode fazer além disso neste verão chuvoso? Fico feliz por você. Infelizmente aqui não tem homem, ao menos não descobri nada parecido com isso, há apenas camponeses adolescentes que me espreitam copiosamente, você verá.

Paul parece um pouco decepcionado quando ela conta para ele sobre o convite de Judith. Em segredo esperava que ela os acompanhasse para Berlim, mas agora quer ir para Döberitz, começa a se despedir, lá embaixo, na praia, como se não pudesse, por Deus, esquecer nada, além disso ainda é quinta-feira. Paul parece triste de verdade, mas à noite, quando eles cantam e dançam com as crianças, o caso fica para trás. Há uma eternidade ela não dançava, Paul se deixou persuadir, e agora eles dançam. Não acertam muito bem o passo, mas dançam.

9

Assim que aluga o quarto, o Doutor volta a ficar otimista. À senhoria interessa apenas o dinheiro, não quer nem saber quando exatamente ele se mudará. Como ele é um Doutor, parece ficar impressionada, tratou-o o tempo todo pelo título, concordou de pronto que a ordem de pagamento fosse em moeda estrangeira, as coisas em Berlim já estão um pouco confusas. E, dessa forma, ele tem um quarto em Berlim. Tenta lembrar mais ou menos onde fica, manda um telegrama para Dora dizendo que tudo estava arranjado, por um momento quase exultante, sim, pois a nova vida encaminha-se a uma proximidade palpável.

Ela escreve que não pode mais ficar em Müritz e ficará temporariamente com uma amiga. Talvez seja bom, talvez não. Ele tem a sensação de que o milagre desapareceu, apenas tenta senti-lo em suas cartas. Nunca ouvira falar de Döberitz. Na pequena biblioteca da pensão, ele sabe que existe um velho atlas; não precisa procurar muito, o lugar fica a menos de cem quilômetros a oeste de Berlim.

Nos primeiros dias, ficar em Schelesen parece difícil para ele. Schelesen é passado, tudo lhe parece dolorosamente familiar, a doçura da paisagem, casas e casarões que são metade camponeses, metade turísticos, caminhos e florestas. Aqui, neste ninho, começara anos atrás a desastrosa história com Julie, no casarão próximo da entrada do vilarejo, no qual Max e Felix já haviam se hospedado. Ele está feliz por não precisar ficar lá, mas então, quando numa tarde ele passar pelo tal casarão e parar nos degraus da escada da entrada, não entenderá mais por que, pois ele mal sabe quem foi naquela época. As histórias aniquilam-se mutuamente, pensa ele, as cartas, a felicidade dos beijos, os abraços que seguem uns aos outros e não permanecem, nem mesmo como sombras.

Ele escreveu ao seu pai neste casarão.

Ottla está sensível o bastante para não deixar que ele tope com nada. Segue pela paisagem como se tivesse passado metade da vida nela, recorda para ele apenas cenas que dizem respeito aos dois, quando certa vez pularam a cerca do balneário após a meia-noite e chapinharam na água sob a luz do luar, quaisquer tontices na hora das refeições, as caretas engraçadas de pedra nas quais eles treparam no primeiro verão. Ainda lembra?, pergunta ela e aponta para uma casa na encosta, atrás de um pequeno vale, onde num dia eles descobriram um gato com um menino no pasto. A lembrança é muito vaga. Um gato com seu menino, sim, mas sem detalhes, sem as cores nem a importância que teve para Ottla naquele momento.

Num tom jocoso, anos antes, ele disse para ela: Se eu casar um dia, casarei com uma moça igual a você. Difícil, retrucou ela, encontrar uma igual a mim não é fácil. Será aqui em Schelesen, em Zürau ou noutro lugar?

Também houve decepções com Ottla. Desde a infância, ela o observa, às vezes como de uma grande distância. Suas noites não são especiais, a pequena Helene tem apenas quatro meses, mas é belo observar quando Ottla a amamenta, como elas se unem sem palavras.

Aqui e ali ele aprende algo novo. Não dedica tanto apreço ao significado das cartas, não espera impaciente uma resposta. Se chega uma carta, ele fica feliz ao extremo, a deixa de lado e diz: Veja só, uma carta de Müritz, não tinha uma aí ontem mesmo? Mas, se o mensageiro não traz nada, consegue aceitar o fato sem decepção, não culpa os correios, como costumava fazer antes, também não precisa ir logo depois ao seu quarto e repetir tudo, mas consegue ficar deitado com Ottla e as crianças até o começo da tarde no gramado do balneário.

Até então ele não engordara. Esforça-se para ter energia, dá pequenos passeios, observa-se. Ottla diz: Faça ao menos por ela. Se você a ama, faça isso por ela. Mas ele não contou seus planos a Ottla. Todo dia planeja fazê-lo, mas então a coragem o abandona, ou ele tem uma noite terrível, ou Ottla, pois a criança chorou, por querer o peito dia e noite.

Ele a convidou para um passeio. Ottla traja um vestido leve de verão, está quente, nos jardins as últimas flores do verão desabrocham; aqui e ali se corta lenha, as pessoas sentam-se ao sol, preguiçosas, um ou outro os cumprimenta. Eles não seguem muito rápido, para o leste, onde acabam de passar pelas últimas casas. Então, o plano. Não precisa mencionar em detalhes as dificuldades. Mas está cheio de coragem, diz ele, está mais que decidido. Ottla meneia a cabeça. Tem perguntas sobre os pormenores, mas não fala muito. O plano é bom, ela diz, repetidamente. Fico feliz, comenta ela. Sim, claro. Por que não? Vou ajudá-lo, é óbvio. E você sempre foi um pouco maluco, provavelmente muito pouco, pois como de outra forma permaneceria lá todos esses anos? Como Max, ela gostaria de conhecer Dora o quanto antes; aprecia o fato de ela cozinhar, de ela aceitar o irmão como ele é.

Döberitz é um pântano sonolento, escreve Dora, tem uma igreja, veranistas como ela e Judith, camponeses, nos pastos rebanhos, casas baixas, um punhado de ruas, lá na frente o rio Havel, no qual é possível banhar-se. Ela parece feliz, o tempo não está encantador, mas ela tem muito a conversar, claro que contou de Müritz, de sua sorte grande. Judith ficou mesmo com inveja, principalmente porque você é escritor, ela já ouviu falar de você, mas ainda não leu nada. Você iria gostar de conhecê-la, ela lê de manhã até a noite. Ottla está cuidando bem de você?

Dora pede que ele mande os cumprimentos à irmã. Assim que ele falou dela, Ottla já gostou de Dora desde o início. Contou de Berlim? Foi gentil comigo? Sonhei com você pouco antes, no sofá, quando cochilei um pouco, você fez coisas muito belas comigo sobre as quais eu infelizmente posso apenas sussurrar, coisas belas e sinceras.

Na Alemanha, o preço do dólar subiu em três dias de quase 10 para 30 milhões de marcos, um pão custa 1 milhão. Max escreve que ele viajará para Berlim, claro que o caso com Emmy piorou, mas ele já conhece o Doutor, a história o deixa enfarado, quase a considera frívola, e ele deseja escrever isso agora para ele, antes que se encontrem dali a oito dias. O pai aniversaria logo em seguida, por isso o Doutor pensa em deixar Schelesen por dois dias e seguir um trecho na direção de Dora, como se convence, pois no que diz respeito ao pai desde sempre tem apenas motivos obscuros. Seu pai provavelmente nem perceberia que viajara especialmente por ele. Ottla ri dele. Você não queria ir para Berlim? Acha que ele concordará com o seu plano se você antes lhe der os mais sinceros parabéns?

10

Ele escreve para ela quase todos os dias. Judith, que não tem mais vontade de estudar, diz que a única que trabalha ali é Dora, que quase não consegue responder. O tempo todo ele tem perguntas, quer saber o que ela está usando, qual vestido, qual blusa, como foi a noite, a disposição do quarto onde dorme, o que comem, sobre o que conversam, algo sobre as gotas na pele dela, o cabelo úmido, quando ela volta de um de seus passeios ao Havel. Na maioria das vezes, as cartas dele são tranquilas e claras. Ela gosta quando ele escreve sobre seus olhos, sua figura, quando ele se aninha nela, quando ele a beija. Às noites ele tem dúvidas se está saudável, preocupa-se com a situação tensa em Berlim, e às vezes fica demais para ela, então ela precisa de distância para se recompor.

Apenas hoje pela manhã ela fez uma experiência consigo mesma. Duas cartas estão na correspondência, mas ela não as abriu. Deixou-as de lado e disse para si mesma ou para Judith, não agora, mais tarde, é demais, meu querido, estou como inebriada, se soubesse como suas cartas me deixam. Também no seu passeio diário ela não pegou a correspondência. Não fica exatamente feliz com aquilo, mas por isso mesmo o fez, e na volta, duas horas depois, começa a andar rápido e correr e voar a metade do caminho, de volta para as duas cartas, rasga o envelope e começa a ler, ouve a voz dele como se fosse a primeira vez, após um século pela primeira vez a voz dele.

Quando Judith dorme até mais tarde, Dora gosta de caminhar pelos cômodos estreitos. Sentiu-se bem na casa de pronto.

Pertence a uma tia de Judith que morreu em fevereiro, é pequena e antiquada, tudo cheira a madeira e à tia que fora atriz na juventude e se recolheu àquele ermo quando fez cinquenta anos. Existem fotos dela, nas quais mal tem vinte anos, uma coisinha juvenil, muito linda, quase um pouco como Judith, no papel de Ofélia, como revela um escrito desbotado atrás da foto. Anos mais tarde ela engordou, deixou passar o tempo certo para marido e filhos e transformou-se, na virada do século em Döberitz, numa espécie de fazendeira, por alguns anos teve um rebanho, um estábulo com galinhas, gansos, duas cabras e, além disso, até sua morte, um porão cheio com frutas e legumes em conserva, presunto defumado, cachaça, um tapume com batatas.

Judith disse que ela não sabe cozinhar, aqui fora come apenas pães, mas, desde que Dora relatou a ela quanto custa o pão na pequena loja do vilarejo, vive praticamente apenas das provisões. Há pratos simples com batatas, batata gratinada com mousse de maçã, purê com manteiga cozida, à noite uma sopa clara com ovos batidos, pois Judith consegue ovos baratos com um camponês.

Por alguns dias ela fica muito animada. Tudo é novidade, ela tem Judith, tem as cartas, os longos passeios, quando calha de não chover. Elas mal se conhecem, observa Dora. Quando Judith surgiu no Lar Popular há quatro meses, tinha o nariz empinado, mas agora elas criaram laços verdadeiros de amizade e contam uma para a outra os segredos mais recônditos. Judith teve um caso com um homem casado pouco antes de fugir para Döberitz. Desde o início soubera que não daria em nada, mas ele foi deveras atencioso, a levou para jantar, ao teatro, pegou na mão dela nas primeiras semanas enquanto ela o mantinha interessado, pois acreditava não ter culpa.

Ela o conhecera num de seus seminários. Ele a abordou com tal olhar que ela logo soube o que queria. Judith, o nome lhe agradou, embora mais tarde ele tenha dito que não gostava do seu jeito judeu. Acha que eu pareço judia? Meu nome é judeu. E daí? Apesar disso, ele insistiu. No início ela apenas ria e perguntava o que havia de tão judeu nela e, claro, não lhe ocorreu nadinha. Ele sente o cheiro, disse. Tudo em mim era judeu, meu jeito de andar, de falar, o fato de eu não ser nem um pouco tímida. Em nossa primeira noite, e então sempre. Os judeus seriam a catástrofe da Alemanha; ele, como historiador, sabia do que falava. Tudo na primeira noite. Judith não se sentia bem com isso; era estúpida, melhor saber disso.

Dora não tem muitas experiências com pessoas contrárias aos judeus. Aqui e ali, na rua, um xingamento, no restaurante uma conversa ouvida por acaso. Certa vez, um menino cuspiu na frente dela, mal tinha dez anos. Ela correu atrás dele e pediu satisfação. Pobre Judith. Mas Judith não se acha pobre, há muito ela tira suas conclusões e quer, quando terminar os estudos, ir para a Palestina. Talvez seja até mesmo bobagem que eu estude antes, quem precisa de juristas alemãs na Palestina, ainda por cima uma mulher. Eles precisam de pessoas que cultivem os campos, de jardineiros e camponeses, precisam de mulheres que deem à luz os seus filhos, filhos judeus de cachinhos escuros. Agora ela ri, pois não consegue imaginar aquilo. E você?, ela pergunta a Dora, que também não consegue imaginar aquilo, ainda não havia pensado sobre isso, mas reflete sobre a questão, é tão admirável quanto incompreensível.

Judith tirou um dia livre para si. Ainda está bem quente, por isso elas vão depois do café da manhã na direção do Havel e, de pronto, entram n'água. Judith conta que no último verão fora cercada ali por vários meninos camponeses, como se nunca em sua vida tivessem visto uma garota nua. Mas desta vez elas estão sozinhas, apenas as libélulas e os últimos pernilongos lhes fazem companhia; no céu, diversos pássaros, o milhafre vermelho, diz Judith, que naturalmente conhece também todos os pássaros e sonha em ter um homem como o Doutor.

Você é sortuda, diz Judith. Além disso, é bonita, um pouco mais rechonchuda que eu, sem as partes pontudas. Não é desagradável ser observada por Judith, quando ela diz, aqui a parte que eu gosto, e quando ela escova seu cabelo, como se fossem irmãs.

Ela pega as cartas dele à noite, na cama, as deixa sob o travesseiro, há tanta coisa maravilhosa nelas. Com frequência ele sonha com o novo quarto, com a primeira noite, como ele a levanta e carrega, o que ele na realidade nunca poderia fazer, mas o sonho é como uma fantasia infantil. Além disso, você é incrivelmente leve, eu a carrego com uma mão, você é muito pequena e fica no meio da minha mão, com olhos fechados, como se dormisse, mas não dorme.

Até então, ele não disse quando deixará a tal Schelesen. Apenas hoje pela manhã, ao acordar, ela pensou que, em poucos dias, pode-se contá-los, mas então chega uma carta por volta do meio-dia, na qual ele diz para ela que não poderá viajar por enquanto. Somente agora ela sente o quanto a espera a aflige, começa a gritar, não por muito tempo, pois logo percebe que não acredita no próprio grito. Ele está doente, sempre está com febre. Berlim lhe parece mesmo inalcançável, ele escreve. Se você estivesse aqui comigo, seria um pulo de gato, mas sozinho, no clima melancólico dos últimos dias, não perde em nada para a viagem de Colombo. Uma semana no mínimo, é a mensagem. Ele implorou como uma criança, mas Ottla sempre dizia: uma semana.

Às vezes o medo a acomete. O pensamento não é muito agradável, ela mal o conhece, eles podem se decepcionar um com o outro, nos primeiros dias e semanas em Berlim, quando vier à tona que tudo foi um grande engano. Se não tomar cuidado, ela pensa assim, algo incrédula, pois não pode dizer de onde vêm os pensamentos pusilânimes, como se não fossem mesmo dela, algo que se esgueira para dentro dela aos poucos e então, aos poucos, volta a desaparecer.

    É verão novamente, os dias derradeiros, já com nova luz, lá embaixo, no local onde é possível se banhar, o juncal reluzente, as bétulas sussurrantes. Ela tenta dizer a si mesma que tais pensamentos são normais. Judith também diz que são normais. Ele tem quarenta, viveu quinze anos a mais que ela. Era um homem infeliz, ele disse no cais. Ela se lembra exatamente de como se surpreendeu, pois eu estava feliz desde o primeiro momento quando a vi na cozinha.

11

Por alguns dias ele não acredita, como se pudesse perder a fé, e apenas então tudo seria possível. Ele escreveu a Max e a Robert, tinha engordado um pouco, sobre Dora nenhuma palavra e, por sua vez, algo muito vago sobre as perspectivas berlinenses, no primeiro delírio do lar ele as superestimou bastante.

A maior felicidade para ele agora são as crianças, a pequena Helene em seu colo no café da manhã, quando ele a carrega pelo jardim e fala com ela, sempre as mesmas frases, coisas para uma moça fina como ela, mas a pequena está cansada, por isso precisa logo dormir. Ottla parece exausta, às vezes perde a paciência quando Vera, de dois anos, reivindica seus direitos, por isso ele cuida amiúde de Vera, que já fala, da noite para o dia, ele percebe como as palavras há muito já existiam para ela, e agora, nesse verão tardio, aos poucos elas são libertadas. O Doutor não entende muito de crianças, tem pouco contato com elas, embora Ottla afirme que as crianças o amam, talvez, pois ele mesmo se manteve como uma espécie de criança.

Por volta do meio-dia ele vai nadar com Ottla e as crianças, está insuportavelmente quente, próximo dos trinta graus. Pela primeira vez em semanas ele não tem febre, por isso vai direto para a água, também nada por muito tempo, braçada por braçada com a clara consciência do que fazia, como se nunca fosse voltar a ver o balneário, como se fosse a última vez que ele nadava.

O marido de Ottla, Pepo, dificilmente está lá. Na maior parte das vezes, ele vem apenas para o fim de semana, surpreso de que aquela seja sua vida, que ele tenha duas filhas, uma jovem mulher que mal consegue dormir à noite e agradece a cada hora que ele está por perto. Desta vez ele fica apenas por uma noite, xinga por um bom tempo o escritório, quando todos percebem com seu palavrório que o escritório é seu refúgio. Ele cumprimenta as crianças, dá um beijo distraído em Ottla, um meneio de cabeça para o Doutor, acaricia os cabelos da pequena Helene, pergunta por Vera, que, com a sua chegada, fugiu. E essa é mesmo a vida dele? Vê-se que ele não acredita. Ottla é um pouco cega quanto a isso, tem pena dele, sempre se levanta e lhe traz algo, tenta contar algo, ontem Helene riu repetidas vezes e então, às quatro da manhã, sem motivo, chorou por duas horas.

Ó, meu Deus, diz Pepo, cuja noite também fora curta, ficou debruçado até a uma e meia da manhã sobre os papéis. Nem estou aqui, disse ele, quando Ottla sai para trocar as crianças, além disso ele odeia aquele lugar, a terra, o silêncio, as malditas vespas. Eles não têm muito a dizer, talvez porque Pepo suspeite que o Doutor o espione, não sem simpatia, como se algo ruim que tivesse acontecido com o cunhado que pudesse acontecer com ele mesmo em outras circunstâncias.

O Doutor sabe que nunca terá filhos. Nos anos com F. sempre refletia sobre isso e decidiu-se contra a ideia. Ou a vida decidiu por ele? Escrevo ou tenho mulher e filhos, ele pensou; permanecer solteiro ou levar uma vida como a do pai ou das irmãs. Ele era fértil. Foi a um médico e comprovou, mas isso não mudou nada. Ficou com o medo de não encontrar a mulher certa, de que apenas seduzia as mulheres para então as dispensar; fazia com que elas tivessem medo de seu medo e as acusava de que o impediriam de escrever. Então fica sem escrever por muito tempo, há muitas semanas, exceto pelas cartas a Dora e algumas notícias aos amigos, que se distanciam cada vez mais.

Sua letra fica cada vez menor. Às vezes mal consegue lê--la, como se tivesse sido escrita num carro em movimento ou tarde da noite, sem luz, no escuro, quando ela fica obnubilada pela saudade. Ela escreve que não suporta mais. Não deveria lhe dizer isso, mas a verdade é que não consigo mais. Fico odiosa sem você, brigo com Judith, que fica impaciente, pois estou tão nervosa sem você. Tropeço o tempo todo, corto-me com a faca, não lembro mais seu nome, seu aniversário, seus beijos. Venha, por favor, ela escreve.

O Doutor está sentado sozinho no jardim e considera as queixas dela compreensíveis. Tem todo o direito, talvez não apenas o direito, mas a obrigação. Também é uma exortação, um clamor para que ela se lembre dele, para que o milagre não seja inviolável.

Em dois dias ele viajará. Ottla também não ficará muito tempo. Pepo está na cidade, mas ela quer buscá-lo, então viajam todos juntos.

Para os pais, Ottla lhe aconselha a contar uma "meia mentira". Eles se sentam lá fora no jardim, não está muito quente, eles têm meia hora enquanto as crianças dormem. Ele deve dizer, por uns dias, apenas com uma mala pequena, então eles talvez engulam. Está feliz? Ela não acha que ele parece contente. Está com medo. Está feliz e com medo, principalmente da cidade para a qual ele não se sente pronto nessa crise. Não conhece mais com tanta exatidão os traços do rosto de Dora, seu nariz. Conhece sua boca, seu olhar, de longe sua voz quando ela diz que quase ficou louca, isso quase me matou, e mesmo assim não sei onde fica essa maldita Schelesen.

Pela quarta vez ele faz as malas neste verão. Se não fosse a viagem, nem daria muita atenção para o trabalho de organizar a bagagem. Mesmo a viagem não mereceria qualquer comentário, mas desta vez não é qualquer viagem, desta vez sua vida será decidida.

O Doutor saber que hesitará até o último segundo, à noite, antes de subir no trem, um pouco apático, pois quase não terá dormido, até de manhã redigiu o telegrama de recusa para a senhoria berlinense e novamente jogou fora. Ele consegue imaginar tudo, o olhar da mãe, o sacudir de cabeça do pai. Apesar disso, levantará na manhã seguinte e os deixará. Pegará suas coisas e irá, sem responder a perguntas ou objeções e seguirá para a estação de trem. Já que consegue ver as batalhas, no fim provavelmente as vencerá.

12

À BEIRA DO RIO, sob as árvores, já corre o frio outonal. Sem uma jaqueta ela congelaria, ainda assim foi até lá novamente, sozinha, sem Judith, que está estudando dia e noite e sonha com o próximo verão, quando, espera, todos se encontrarão ali, Dora com o Doutor e Judith sabe-se lá com quem, talvez até lá ela já tenha um homem com quem ficar.

Por um momento, Dora apenas para por ali e pensa nele, sente no bolso da saia a última carta, o telegrama, no qual há de fato a confirmação de que ele vem. Fim da manhã, é provável que ele esteja sentado no trem, por um bom tempo, sozinho na cabine, embora tenha escrito que viaja com Ottla. Mais ela não pensa. O principal é que ele está viajando. Percebe que começa a se alegrar, de uma forma nova, contemplativa, como após uma prova na qual foi aprovada por pouco. Os últimos dias ela quase não o sentia, mas agora ele está próximo novamente. À noite ela sonhou que ele sofria um acidente de trem. Ela procurou por ele, às margens de uma escarpa, onde jaziam diversas formas sem vida, sob cobertores, como se com frio, mas ele não estava entre essas figuras.

Ela está sentada na cozinha, próxima à janela, e imagina o que ele disse para eles, o cumprimento, como eles o examinaram. Se eles o amam, pensa ela, precisam imaginar que ele os deixará, à noite, quando estiverem sentados à mesa, quando ele começa a mentir para eles. Se ela estivesse com ele, talvez fosse muito mais fácil, acredita ela. Ou seria exatamente o contrário, muito mais difícil?

Judith diz: Meu Deus, ele está com quarenta anos, eles vão sobreviver. Você não disse que ele tem quarenta?

É a penúltima noite delas, Judith providenciou uma garrafa de vinho e parece exausta. Ela subestimou quanta matéria precisava estudar; além disso, gostaria que Dora não fosse embora, e continuaram a conversar sobre o próximo verão, também em Berlim elas deveriam se ver, caso o Doutor deixasse. Vai morar com ele? Desde o início? Estranho, nunca tinham falado sobre isso, Dora não sabe, eles têm apenas um quarto, e talvez seja difícil, dia após dia com uma pessoa num cômodo tão pequeno, mesmo que ela não queira nada mais que isso.

Na noite de sábado para domingo, ela mal consegue dormir. Ora vê o telegrama, com o qual ele a renega, ora ela não tem a menor dúvida. Infelizmente, ela também se preocupa com dinheiro. Judith disse que pagaria pelos bilhetes, claro, não era engraçado, é apenas dinheiro, e dinheiro os pais dela têm como feno.

Bem cedo, no café da manhã, ela deseja saber se ele está a caminho de Berlim. Ele comentou que avisaria assim que chegasse lá, em algum momento à noite. Judith precisa admoestá-la o tempo todo. Tenha paciência, diz ela. Chega o ocaso, anoitece, nem sinal de notícias. Por que não liga para ele? Dora não pensara nisso. Ela podia lhe telefonar, há um número, Hans mandou para ela há semanas. Apenas algumas frases, então ela se acalmaria.

Infelizmente, ele dissera odiar telefones.

Não pediria os detalhes, precisava apenas ouvir a voz dele, sua respiração, lá longe, no outro lado da linha, algum chiado que lhe mostrasse que estão ligados, apenas isso.

No penúltimo dia, Hans surge diante da porta. Dora está no quintal dos fundos, pendurando roupas, por isso não percebe de pronto, apenas quando ela se abaixa e vê que há alguém no gramado. É mesmo Hans, que escrevera dias atrás que queria buscá-la, e, como ela nunca respondeu, ele simplesmente foi. Hans? Muito bem, diz ela. Espere. Estou terminando. Ele faz uma expressão triste, observa como ela pendura um último par de meia; ele traja uma calça manchada e uma camisa não muito limpa.

Dora sabe de pronto que agora precisa se explicar, que ele está ali para falar sobre os antigos assuntos berlinenses, mas não quer começar a conversa ali no jardim. Ela propõe um pequeno passeio, passa com ele pela igreja na direção do rio, em uma parte que nem ela conhece. Hans não fala muito. Ele trota ao lado dela, quer saber como ela está, não se opõe quando ela diz para sentarem às margens do rio, num tronco, onde finalmente conversam, não por muito tempo, quase como um casal, como se ela estivesse em dívida com ele. Ela agradece pelo quarto, o Doutor também está muito grato, desde ontem ele está em Berlim. Ela explica vagamente o que aconteceu, o que ela sentia, o plano era tal e tal, com certeza ele pensou naquilo há muito. Você quer viver com ele, fala Hans, ao que ela responde: É o que eu desejo. Pois ele é muito importante para mim.

Quando voltam, a noite já principia. Hans falou bastante para ela de seu trabalho no porto, que é apenas temporário, mas é melhor que nada. Ele ajuda na retirada da carga, arrasta caixas pesadas, sacas e barris. Quando recebe a féria todas as noites, precisa se apressar para conseguir algo com o dinheiro, pois no dia seguinte já vira papel sem valor. Também no jantar conversam muito sobre Berlim, Judith comprou tudo o que podia para a despedida, provisões para dois.

Bem, esse foi nosso verão, diz Judith e resume o que se deve dizer sobre o tolo e pobre Hans, que ficou de fato bêbado e dorme lá embaixo no sofá. Sim, uma pena, diz Judith, acho que já sinto sua falta, mesmo que o trem só parta amanhã à tarde. O horário de partida e chegada estão num telegrama, está lá, e a busco às 18h42. Num primeiro momento ela pensou, por que tão tarde, mas agora está quase feliz que eles se encontrarão à noite, eles se espantarão, perguntarão um ao outro se ainda são o que foram em Müritz.

Quando ela entrou na estação de trem, esqueceu Hans. A viagem é muito rápida, não se reconhece muita coisa, mas então, quando o trem freia, ela vê as primeiras silhuetas, dois, três carrinhos de bagagem, casais, homens que se curvam sobre malas, uma criança nos ombros do pai. Estão sentados no terço posterior, por isso não é surpresa que ela não o encontre de pronto, ela também fica totalmente tranquila, aguarda na porta até as pessoas descerem antes dela, no fim das contas fica na plataforma e ainda não o vê. Não presta mais atenção em Hans. Vira-se para a esquerda, na direção da saída, e apenas então ela o descobre, bem longe, à primeira vista ainda menor, não totalmente estranho. Ela acena e, agora, ele acena de volta, sorri, espanta-se, segue alguns passos na direção dela. Ele se espanta de verdade? Não, é apenas depois e quase no mesmo momento, quando ela fica diante dele e não sabe como deve cumprimentá-lo, não o toca, apenas rapidamente com a cabeça no ombro dele. Esperou muito? Ele sacode a cabeça, o trem foi pontual, e nesse momento percebe que ela está acompanhada. Hans levou a bagagem para a plataforma. Este é Hans, ela diz sem olhar para o próprio e gostaria de completar que isso não tem importância. Hans é apenas qualquer Hans, um amigo, nem mesmo alguém que a acompanhara. Senhor Doutor, diz Hans, muito prazer. Ele estende a mão para o Doutor para cumprimentá-lo e despedir-se, pois, mal o cumprimentou, vira-se e segue na direção do trem urbano.

Ela não conseguia dizer o que esperava. Franz, ela diz. Deixe-me olhar você, ele responde, meneia a cabeça, bem, aqui estamos. Ela se sente fraca, mas então ele a abraça, no meio da plataforma da estação, enquanto os últimos passageiros se empurram para a direita e para a esquerda, na direção da saída. Finalmente, ele diz, vamos pegar um carro. No automóvel, ele ainda fala, finalmente, deixe-me olhar você, como se ele de repente lembrasse, também sobre o quarto ele diz algo, é muito bonito, mas ele teme que vá arruiná-lo.

Dora não consegue lembrar da última vez em que andou de carro. Eles precisam aguardar alguns minutos, mas então estão a caminho, o motorista xinga a si próprio, pois pegou o caminho da Postdamer Platz, xinga metade da Postdamer Strasse, até o trânsito diminuir aos poucos. Os primeiros casarões ajardinados surgem, eles chegam a Friedenau, lá na frente se vê a prefeitura de Steglitz, então eles chegam. Dora segurou a mão dele o tempo todo. Ela não consegue falar muito, e agora é a vez de outros, suas mãos, suas veias pulsam de leve. Seus dedos falam. Tomem o tempo que precisarem. É o mais empolgante, que eles finalmente tenham tempo, a princípio ela precisa apenas da mão dele. Eles já chegaram? Ela mal percebeu que ele abriu a porta da casa, também mal prestara atenção na rua, e agora estão diante daquela porta.

Ela quase esqueceu como era, mas agora eles sussurram. Ele abre a casa para ela, e a primeira coisa que ela vê é um corredor curto e escuro. Mas não precisa mais do que aquele cômodo, quantas vezes ela sonhou com aquele momento. Estou aqui, sussurra ela. Ei, você, diz ela. Nos últimos tempos ficou quase insuportável, mas agora não mais.

Para se acostumar, primeiro ela toca em tudo: nas cortinas horríveis, nas almofadas sobre o sofá, nos móveis, um tempo maior no piano que, infelizmente, buscarão naquele dia. Ela examina o fogão e o armário, senta-se na escrivaninha dele. Fica na cozinha, abre e fecha a torneira. Nem percebi isso ontem, diz ela, aqui, olhe, tem até um quebra-nozes, panelas, frigideiras, tudo que o coração almeja.

Ontem ficaram uma eternidade naquele corredor estranho, como se há semanas tivesse sido esse o objetivo deles, ela e ele de casaco nesses poucos metros quadrados. Ficou quase toda a noite pensando: Agora ele vai me mandar embora, depois de comermos, quando eu não contar mais com isso.

Ela foi embora muito tarde, mas agora, na manhã seguinte, está de volta. Eles tomam café, vão juntos fazer compras, felizes, de forma cuidadosa, ingênuos. Riem de tantos zeros nas notas de dinheiro, esquecem a metade, fazem novamente o caminho. Ele conta para ela como fora com os pais, da última noite que deve ter sido péssima, que ele não sabia até o último momento se viajaria.

No mais, ele é muito cuidadoso. Ela tem a sensação de que é mais consigo mesmo do que com ela, pois com ela ele não precisa de fato ter cautela. Ela não está mais sozinha, mas gosta daquilo, tenta entender o que é, o vê na escrivaninha, bem perto dele, e não entende.

Na segunda tarde, eles receberam a visita de Emmy. Ela não sabe ao certo se gosta daquela mulher agitada, há cinco horas ela anunciou sua chegada, mas está mais de meia hora atrasada, totalmente sem fôlego, como se tivesse corrido o caminho inteiro. Estava até agora mesmo em uma prova, chega atrasada o tempo todo, Max podia fazer uma canção com isso. Então ela fala por muito tempo sobre Max, sua felicidade e seu sofrimento, como é horrível quando ele viaja, que ela simplesmente não se acostumou, para ela todas as vezes o mundo acaba. Claro, Max pediu para mandar lembranças a vocês, ela diz, ele e o Doutor há pouco conversaram bastante no Café Josty. Conhece o Café Josty? Dora conhece apenas de nome. Onde é, mesmo?, pergunta Emmy e agora Dora também se surpreende. Até há pouco ele estava escrevendo, mas, quando vão até ele, encontram-no dormindo no sofá, o rosto virado para a parede, as pernas meio encolhidas para se acomodar, sem o mínimo movimento.

Dois | **ficar**

1

Os primeiros dias são como um sono leve, à tarde no sofá, quando ele não sabe direito de onde vêm os ruídos, lá embaixo, da rua, da cozinha ou de outro lugar lá dentro, qualquer batida, uma voz que soa como a de Dora, mas talvez seja apenas imaginação, algo que ele pode invocar em si, pois já ouvira.

Se está acordado, se tudo é confortavelmente estranho, diante das janelas o movimento abafado do subúrbio, o silêncio nos parques quando caminham juntos. A maioria das coisas ainda é nova e surpreendente, seu rosto pela manhã, seu cheiro, como ela se senta, pernas cruzadas à frente no sofá enquanto lê a Torá. Sim? Você quer? Tudo bem para você também estar aqui comigo? Os primeiros dias, quando as perguntas não são perguntas.

Ele está em Berlim e tem essa jovem mulher. Pode tocá-la a qualquer momento, mas ele apenas olha amiúde, cheio de encantamento, para um ponto, a curva da garganta, seus quadris balançantes quando ela passa pela sala. Tudo para ele, ela parece dizer, aquilo que encontrar nela poderá ter.

Por um momento, vivem como sob uma redoma, bem indiferentes àquilo que acontece lá fora, a inflação monstruosa que os afeta, a inquietação geral, a falência intelectual. Apenas a senhoria o preocupa. Na entrega das chaves na quarta-feira, ele não disse palavra sobre Dora, e agora as pessoas já os encontram diversas vezes, certa vez chegou-se até a uma pequena conversa, apresentaram-se amigavelmente, mas ele acha que tudo pode mudar de um dia para o outro.

Para Emmy, ele comentou nos primeiros dias: Ainda não cheguei direito. Por exemplo, ousarei ir para a cidade hoje pela segunda vez. Eles combinam na estação do zoológico, diante da casa de câmbio; predomina grande agitação, as somas trocadas são assustadoras, mesmo que não passem de vinte dólares. Emmy diz: Vocês não poderiam ter chegado numa época pior, quase não dá para ser mais terrível. Mas ela parece feliz, diz algumas frases sobre Dora que o deixam contente, chega a Max, com quem ela falara ontem pelo telefone. O vento ruim incomoda o Doutor. Mal ele chega ao centro, começa a tossir. Emmy olha para ele preocupada e o puxa rapidamente na direção do aquário, onde está agradavelmente calmo e escuro, quase como num cinema. Os animais ficam bem longe do vidro. Veem peixes de todas as cores e tamanhos, medusas brilhantes que enojam Emmy, lá dentro, adiante, os tubarões. Agora ela se assusta ou finge que está com medo. O Doutor a toma pelo braço, como se precisasse protegê-la, bem, por que não? Seu cheiro é bom, pensa ele apenas por um momento, enquanto está de braço dado com ela, que também poderia ser ela, numa outra vida, mesmo que ele a conheça em princípio apenas superficialmente.

Já escreveu para os pais. Elli respondeu que se preocupa à distância, pois as coisas de longe parecem ficar cada vez mais perigosas, enquanto de perto são quase costumeiras. No entanto, o contrário também é verdade. É necessário apenas abrir os olhos ou ler os jornais locais, na vitrine da prefeitura o jornal *Steglitzer Anzeiger*, que se transformou em sua leitura diária. Mas ele já queria ir mesmo para Berlim. Na maioria das vezes ele apenas folheava as páginas. Apenas de manhã teve um surto justificado pela loucura dos números, mas infelizmente não é tudo, a verdadeira lição ainda estava por vir. No Jardim Botânico, num banco sob os mais estupendos raios de sol, um grupo de meninas passa por ele; começa como uma aventura de amor. Uma bela loira longilínea, moleca, que sorri para ele coquete, faz um biquinho e o chama de algo. Ele, com contentamento exagerado, sorri de volta, e de novo quando mais tarde, com as amigas, ela se volta a ele, ele sorri até perceber aos poucos o que ela disse. *Judeuzinho*, ela disse.

A foto que ele manda fazer de si na Casa de Comércio Wertheim no início de outubro é para seus pais. Com o preço, impossível ele não se assustar, mas, de qualquer forma, não fica mesmo satisfeito. A aba direita da gola da camisa tem um vinco horrível, o que infelizmente não se pode mais mudar, gravata, terno e colete parecem até então em ordem. É raro sentir-se confortável em fotos; apesar disso, ele precisa admitir que a foto o espanta. Parece um colegial idoso. Sua aparência é apavorante. As orelhas salientes, os grandes olhos parecem, sabe-se lá como, empáticos. De Dora, nem sinal. Por que ele não sorri? Muito bem, parece sorrir bem pouquinho, há uma impressão delicada, um brilho leve se poderia dizer, com algo de boa vontade, caso ele o procurasse na volta de bonde, antes de retornar ao tranquilo bairro de Steglitz.

Ottla mandou um pacote com manteiga e gostaria de saber como ele está, pergunta-se como vão as coisas, os primeiros dias com essa mulher. Nota-se que para ela paira uma leve dúvida, o Doutor tinha dificuldades com a proximidade, além disso Dora e ele se conheciam há tão pouco tempo. Ela já está com você? Está sendo carinhoso e gentil com ela? O que já soava como se Dora precisasse ser protegida dele. Mas nada é mais desnecessário; de reservas, nem sinal. E sim, ela está com ele, não dia e noite, mas o bastante para ele se acostumar com ela, há um certo ritmo, no mais das vezes espontâneo, como se nunca tivesse sido diferente.

Elli escreveu e lhe fez acusações. Chama de pura inconsequência que ele tenha partido para Berlim, suspeita de sua segurança e de seu compromisso com a verdade e fundamenta suas preocupações, como de costume, com perguntas sobre seu peso. Às vezes, ele precisa admitir a verdade. Não engordou em Müritz, nem em Schelesen, onde primeiramente engordou, depois emagreceu, e bem no momento exato, antes que fosse tarde demais, tomou um trem para Berlim e voltaria a fazê-lo a qualquer momento. Ela não entende isso? Não conhecia Dora? Sua vontade para escrever à irmã era pouca. Não dessa maneira, quando ele precisava se explicar, justo para Elli, que no início estava ao seu lado e viu que felicidade a moça traz para ele.

Ele pediu para que mandassem dinheiro, em cartas simples, aos poucos, em pequenas quantias, pois o cordão umbilical ainda não pode ser cortado.

O clima, infelizmente, está muito inconstante. Nos últimos dias praticamente só choveu, ele não ficou logo resfriado, mas sente o efeito da cidade, que é tudo, menos agradável, extenuou-se, arrependeu-se de ter ido até Puah na Steinmetzstrasse, ainda mais que não consegue se livrar da impressão de que ela não aprecia sua visita. O hebraico dele não fazia avanços consideráveis há meses. Ela o cumprimenta quase com formalidade, pergunta por Dora, mais por educação que por interesse. Dora não fala muito bem hebraico? Ele pensa na despedida carinhosa em Müritz, decepcionado por ter restado tão pouco dela, fora apenas no início de agosto. Na volta, dentro do bonde, sente-se estranhamente lânguido, vai cedo para a cama, por volta das onze chega a tosse, como se encomendada, inócua pela qualidade, como ele escreve mais tarde a Max, irritante na quantidade.

No dia seguinte, mal deixa a cama. Levanta-se como de costume após as sete, deita-se duas horas mais tarde, sonolento deixa passar ao largo o lanche da manhã e o almoço, antes de às cinco finalmente sair agonizante da cama. Dora preocupa-se de forma tocante, invisível, de modo que o sentimento de culpa dele é represado. Ela o proíbe de ir para a cidade embaixo de chuva, ela também assumirá as compras, tudo num tom jocoso que não é totalmente novo para ele. Ottla às vezes fala com ele dessa maneira, quando se preocupa, em sinal de solidariedade.

Eu não cuido bem de você, diz Dora, fico muito tempo fora. Ao mesmo tempo, eles se veem quase todos os dias. Assim, parece que ela sempre está lá ou, no momento certo, distante, as três horas que ele passa reunido com o dr. Weiss, antes de ele se desculpar num repente, por estar tanto tempo nervoso, amargo-exultante, exceto na meia hora com Dora.

Ele ainda não tem uma rotina fixa. Imperceptíveis e desocupados, os dias voam, ele prepara as cartas para o correio, mas nada além disso. O tempo todo ele precisa sair para trocar dinheiro, come, conversa, conhece. Nada realmente difícil. Nem toda exploração dá certo de primeira, há suscetibilidades, obstáculos que precisam ser eliminados de si, nesse ser encantador existe decerto o mínimo possível. Às vezes ele se enche de orgulho, então tem vontade de mostrá-la em todos os cantos, olhem o que eu tenho aqui, como se ela fosse sua presa. Ontem, durante a visita de Weiss, foi muito forte essa sensação quando ela se aproximou e trouxe algo, quando ela se sentou por um instante.

Ou seja, vivem mais ou menos como um casal. O quarto não é muito grande, se as coisas continuarem bem precisarão procurar uma casa maior, mas por enquanto ele está totalmente satisfeito. À noite, quando ela vai embora, não fica aliviado nem preocupado. Ela sempre deixa coisas para ele, um cachecol, um anel que tirou para lavar a louça, um cabelo na almofada do sofá, um fiapo do seu aroma no corredor, um resto de voz, enquanto ele se entrega ao silêncio da noite.

Até o fim do ano, pelo menos, ele deseja ficar.

Se o tempo permite, ele ainda sai para passear, muitas vezes no Jardim Botânico, onde se pode estudar nas estufas envidraçadas as flores e plantas mais raras. Chove, mas mesmo assim não está tão frio, pode-se caminhar de casaco, mas provavelmente não para muito longe. Ele precisa de algo para o inverno, um sobretudo, vestimentas, roupas de baixo, uma camisola, talvez um daqueles sacos para aquecer os pés.

Talvez Max possa trazer alguma dessas coisas, ou ele embarca num trem e as busca ele mesmo. Disse aos pais, quando de sua partida, que ficaria apenas alguns dias, e agora já se passaram semanas, tem remorso, mas não muito, além disso, no caso de uma visita, seria pronta e novamente o filho, e isso ele não queria de modo algum.

2

Para Dora, no início, tudo está bom. Tiveram aquela noite em claro, desde então a tosse não voltara, mas ela cuidará dele mais de perto. O clima ainda segue frio, chove, brilha o sol por poucas horas, antes de a chuva retornar. Um dólar custa 4 milhões de marcos, eles precisam economizar, mas ela se sente jovem, vive com este homem que ela conhece apenas há três meses e que lhe concede uma liberdade somente imaginável. Ela pode ir e vir, quando quer, trabalha horas a fio por uma ninharia no Lar Popular, conversa com Paul, encontra-se com Judith. Os dois dizem que ela parece bem, perguntam como estão as coisas. É como você sonhou? Claro que ela só poderia responder uma única coisa, mas prefere apenas confirmar com um meneio de cabeça, seu rosto ilumina-se como se lembrasse algo, um detalhe do qual não havia se apercebido, mas, meu Deus, não era da conta de ninguém.

Por um tempo ela acredita que observam tudo neles, quando saem de casa juntos, como se houvesse em toda parte rastros, um brilho qualquer, um ruído que ficou, uma marca na pele por algumas horas no ponto da garganta onde ele a beijara.

Às vezes, também era estranho para ela. Há anos ele não come carne, a não ser de ave, ele mastiga com vagar, segundo o método de um médico, tem horários estranhos para acordar e dormir. Parece cansado, traz uma sombra ao redor dos olhos causada pelas noites maldormidas, e ela se pergunta se nessas noites ele escreve ou não consegue adormecer ou primeiro escreve e depois não dorme. Às noites, no quarto, ela pensa por muito tempo no dia que passou, suas conversas sobre a Palestina, um gracejo durante as compras, como ele se levanta durante a refeição e a abraça por trás. O que conversam desaparece rápido. Das carícias ela se lembra apenas de contornos, um subir e descer ondulado, os suspiros, aqui e ali um sussurro, sem uma sequência exata. Até então ela não se conhecia direito. Em toda oportunidade diz isso a ele, que se conhece apenas desde que o conhecera. Tudo estava adormecido, tudo era para você, infelizmente nunca soube onde o encontraria, e então, na praia, encontrei você.

O pai dela diria que ele não é judeu. Ele não guarda o shabat, não conhece as rezas e você ainda quer minha bênção?

A senhoria também parece insatisfeita com eles. Percebe-se que ela franze o cenho quando se encontram, tarde da noite, quando há muito é hora de estar na cama, ou tão cedo, quando a pergunta se torna inevitável: A bela senhorita ficou fora a noite toda?

Certa vez, ela vem com dois carregadores de móveis para buscar o piano, conforme anunciado. São nove e meia da manhã, eles tomam um lanche antes do almoço, e o único embaraço é que a sra. Hermann finge que há algo de embaraçoso nisso, e faz até mesmo uma observação: ela não se expressou de maneira clara o suficiente perante o Doutor, desde o fim da guerra não ficou pedra sobre pedra, e mais insinuações dessa espécie. Por sorte, os dois carregadores preocupam-se apenas com o piano. Têm cerca de trinta anos, dois berlinenses que praguejam por costume, mas é possível ver a força, a facilidade com a qual eles manobram o instrumento na direção da porta. Franz está cheio de admiração. Até quando eles estão lá embaixo, na rua, ele vai até a janela e observa como se movimentam, então riem e logo partem, de forma que o incidente com a senhoria logo é esquecido.

Embora não pudessem arcar com tal despesa, compraram um lampião a querosene. O pequeno fornecia pouca luz, eles comiam praticamente o tempo todo no escuro, os dias ficavam cada vez mais curtos, a partir das cinco horas cai uma noite de breu. Dora gosta dessa estação escura, as longas noites após o trabalho no Lar Popular, eles têm muito tempo. Com o novo lampião, contudo, é uma luta. Custou uma pequena fortuna, mas agora não queima direito, ao menos não quando Franz o acende, para ele o lampião apenas solta fumaça e fedor. O Doutor não conseguia ser mais desastrado, mas justamente por isso eles se divertem à beça, pois para conquistar o lampião faz reverências a ele, elogia e louva sua luz, infelizmente em vão. É óbvio que ele não gosta do lampião. Sai do quarto. Dora deve dizer ao lampião: Ele não está aqui, talvez assim ele acendesse, o que esse lampião, pelos céus, tem nos pensamentos, e, olhe só, quando o Doutor sai, ele obedece de pronto.

Até aquele momento ela mal percebera que ele é escritor. Ele escreve cartas, cartões postais. É isso que um escritor faz? Certa feita, chega uma carta que o preocupa, ele diz, uma prestação de contas dos livros vendidos. Ele parece deprimido, até mesmo prostrado, por meio dia, não mais que isso. Ela o deixa em paz durante a tarde, preocupa-se com uma preocupação que não é dela, como se ela precisasse apenas esperar até que ele voltasse a percebê-la, a primeira frase, durante a refeição, o primeiro sorriso.

Uma vez, querem ir ao cinema. Até então, ficavam às noites em casa, mas como pela manhã chegara uma carta com cinquenta coroas, o dinheiro excepcionalmente deixa de importar; além do mais, há cinemas em cada esquina, inclusive em Steglitz, cartazes com cenas de tirar o fôlego, belos homens e mulheres fazendo juras, ninguém sabe quais. Mas, de alguma forma, não acontece. Já a caminho, ele começa a imaginar as pessoas na fila do caixa, põe a mão na cabeça no último momento. Nenhum vestígio de decepção. Dora diz que ela ainda quer ir, para ela basta olhar, no mal-iluminado bairro de Steglitz, os preços nas lojas. Ah, Franz, ela diz. Será que no cinema está passando algo para eles? Dora acha que não. Numa outra vez, então, diz ela, mais tarde, quando isso aqui tiver acabado, sem ter a menor ideia de quando será.

Se ela fosse escrever sobre a vida, anotaria apenas pequenezas, pois o fato maior, acredita ela, é a felicidade, quando as coisas são mínimas, quando ele amarra os sapatos, quando dorme, quando acaricia o cabelo dela. Sempre faz algo com os cabelos dela. Ele já os penteou, os lavou, o que é tão belo quanto raro. Seus cabelos, diz ele, cheiram a fumo e enxofre, a grama, às vezes a mar. Disse que nunca cansará deles. Se um dia cansasse, deveria cair morto na mesma hora – e por isso sou, em princípio, imortal.

Começam as primeiras inquietações com alimentos na cidade. Em especial as padarias são afetadas, as pessoas querem pão, ficam em grandes grupos na rua. Tile, que à tarde vem visitá-los com um jovem pintor, viu tal cena com os próprios olhos, mais ouviu que viu, o grunhido da multidão entorpecida pela fome, os gritos isolados quando algo se move por trás das portas bloqueadas da loja e todos exigem, traga o pão para fora.
Tile não parece muito feliz com a visita. Claro que esperava encontrar Franz sozinho, e apenas na porta, ao avistar Dora, ela percebe que eles são um casal, homem e mulher, enquanto ela é apenas uma garota, uma conhecida de veraneio, que quase não consegue fechar a boca durante três horas. Parece que ela trouxe o pintor somente por motivos de decência, não têm muito a se falar, ou têm: o pintor atualmente está representado numa exposição em Lützowufer, um punhado de aquarelas com cenas do mar, paisagens marinhas com dunas, nuvens tempestuosas, em diversas condições de iluminação. E Tile? Sim, ela dança, se apresenta, embora as coisas com os pais continuem em suspenso. Franz diz que acredita nela de verdade, momento no qual ela

pergunta sobre o trabalho dele. Está escrevendo um livro novo? Franz parece refletir por um instante, então diz, não, um novo livro, não que eu saiba.

Seu trabalho nunca foi escrever. Estava naquele instituto, relacionado a seguros, agora é aposentado, há uns poucos livros que ela não conhece e não precisa para o seu amor. Se fossem para a Palestina, diz ele, sua escrita não os ajudaria, ele precisaria aprender algo, um trabalho braçal, algo que realmente servisse às pessoas.

Quando escrevo, fico insuportável.

Nos dias seguintes, eles fazem o jogo da Palestina, como seria, ele e ela num país apenas com judeus. Com certeza, o clima seria fantástico, poderiam abrir juntos um restaurante, em Haifa ou Tel Aviv, o sonho segue nessa direção. Devemos? O que acha? Ela poderia cozinhar, enquanto ele seria o garçom, um garçom como o mundo nunca viu antes, e a simples imagem os leva de repente às gargalhadas, pois ele é desajeitado por demais. Um pequeno estabelecimento na rua, de forma que as pessoas possam sentar-se do lado de fora. Apenas algumas mesas, eles imaginam, o que não significa que acreditem naquilo.

Também na escola de jardineiros em Dahlem eles acreditam apenas por um instante. Franz contou como ele tentou, anos atrás, a vida como jardineiro, mas naquela época não estava tão fraco. Um conhecido que sabe da escola desencoraja com veemência, o trabalho é pesado, tem dúvidas se pegariam alguém na idade dele, existem pessoas suficientes buscando trabalho. Franz parece um pouco desiludido, ainda mais que ele mesmo, como sempre, é a decepção, há pouco os dois homens que buscaram o piano o fizeram de novo percebê-lo.

Um dia, eles conhecem no parque uma menininha. Está totalmente sozinha no gramado e chora, por isso eles a abordam. Ela mal consegue falar pelo tanto que chora, perdera sua boneca, aqui, em algum lugar no parque. No início não se entendia palavra, a garotinha apontava, muito nervosa, para diversas direções, era evidente que já procurou a boneca em todos os lugares. Seis, sete anos tem a pobrezinha, nunca, nunca terá uma boneca tão linda. Tinha visto o brinquedo pela última vez ontem. Mia parece ser o nome da boneca, ou é o nome da própria menina?

Aos poucos, ela se acalma. Agora ouça. Eu sei onde está sua boneca. Franz é quem diz. Ele se curva na direção da garota, ajoelha-se diante dela na grama e improvisa uma história. Ela me mandou uma carta, se quer saber, eu trago para você amanhã. A garota olhou para ele, incrédula. Uma carta? Como assim? Não pode ser. Da minha boneca? Como se chama sua boneca? A menina diz que se chama Mia. Foi mesmo de uma boneca chamada Mia que recebi uma carta hoje de manhã. A letra dela é difícil de ler, bem, mas com certeza quem a escreveu foi Mia. Franz dá um tempo para a menina, ela sorri feliz, a cena é, de certa forma, tocante. Após a preocupação inicial, a garota parece considerar a história possível. Começou a acreditar. Combinam de se encontrar no dia seguinte à tarde. Franz, ainda ajoelhado na grama diante da menina, pergunta se ela também virá, curiosamente solene, quase grave, como se sua vida, da mesma maneira que em Müritz, dependesse daquilo.

3

Após quatro semanas ele chega, com cuidado. Embora mal escreva, é incrível como tem muito a fazer, cuida de Emmy com dedicação, fala ao telefone com ela quase diariamente, fica no quarto com ela, onde a faz rir o quanto pode para que ela não pense o tempo todo em Max, que viajará para o casamento do irmão em vez de ir com ela para Berlim, o que para a pobre Emmy se transforma numa imensa decepção.

O tempo todo ele precisa informar ou acalmar alguém ou se justificar. Escreve para Max, que reclama que nada sabe dele, ao diretor do instituto, pois precisa impedi-lo de reduzir a pensão por conta de Berlim. Na última semana, ele convidou Dora para ir a um restaurante vegetariano na Friedrichstrasse, gostaria ainda de ir ao cinema, ao teatro; em vez disso, agora ele tem aquela garota do parque. Ele mesmo se surpreende em saber como aquilo é importante; de qualquer forma, aquilo toma tempo demais dele, consulta Dora, a quem ele lê tudo de pronto, a aventura de uma boneca.

Por um tempo, pode-se dizer que tiveram uma filha. A boneca correu do parque na direção da estação de trem e partiu para o mar. Infelizmente, não tinha dinheiro, por isso tirou a sorte grande quando um menino pagou o bilhete para ela. Por uns dias ela fica na praia, então acha a praia chata, gostaria de ir para o outro lado do oceano, certa noite embarca num navio que ela acredita estar partindo para a América, mas infelizmente ele ancora na África. Chega lá após três cartas.

À tarde, no parque, eles são aguardados regulamente. A menina entrou há pouco na escola, por isso ainda não sabe ler, também tem um nome, Katja, que, como ela explica, vem de Katharina. O tempo é bom, sentam-se na relva, então a mais nova carta, cujo texto diz que toda preocupação é desnecessária, as bonecas também têm vontade de viajar de vez em quando, mais tardar no Natal ela estará de volta.

Além dessas cartas, há semanas ele não termina nada, em princípio mal consegue qualquer coisa durante todo ano de 1923, embora obviamente escreva sempre, tem diversos cadernos, o diário, folhas soltas nas quais anotou uma ideia ou outra. Numa carta para Max, falou com grandiloquência de seu *trabalho*, que ele continua em Berlim, mesmo que sejam apenas tentativas, esboços para um novo romance, inícios, fragmentos, aqui e ali uma quimera, dos quais ele já está farto e que, na melhor oportunidade, devem ser lançados ao fogo.

Katja pergunta: e se ela preferir ficar na África, o que vai acontecer? De fato, nesse meio-tempo surge a dúvida sobre a boneca querer voltar, pois ela se apaixonou pela África, por um príncipe; se suas intenções foram bem entendidas, bem, isso acontece. Katja pergunta: Ela gosta mais do príncipe do que de mim? Em parte se recusa a acreditar, as lágrimas brotam, em parte ela começa a aquiescer, ouviu nas fábulas que existem príncipes, mas na África também?

Por alguns dias, por assim dizer, tudo transcorre muito bem, o pequeno ser se alegra e não se esquece de nenhum detalhe e prepara-se para o pior dos cenários, para o dia em que a boneca confessa que não voltará tão cedo. O príncipe, imagine, pediu minha mão! Vinte e quatro horas ela tem para pensar, mas não precisa, deseja casar-se com o príncipe. Dora preferiria um outro final. Podiam comprar uma boneca nova e dizer que é a antiga, Mia mudou na sua viagem, mas ainda seria a antiga Mia. Não? O Doutor acha que não. Precisa ser um aprendizado também. Na última carta ele escreverá que a boneca está muito feliz. Se a menina tivesse cuidado melhor dela, ela não conheceria o príncipe. Ou seja, no fim das contas foi bom você não ter cuidado tão bem de mim, não é? Ele também poderia dizer: Se a tuberculose não tivesse se manifestado em mim anos atrás, talvez eu estivesse casado, talvez não estivesse aqui em Berlim com você. Ou seja, no fim das contas foi bom que a tuberculose tenha se manifestado, não é?

Aliás, nada falta para eles. Estão juntos, têm tempo, a única coisa que conta. Apenas o alto aluguel ainda causa preocupação, considerando-se que se trata apenas de um quarto, nessa região maravilhosa, claro, mas é apenas um quarto. De poucos em poucos dias a senhoria aparece diante da porta e anuncia um novo valor. No fim de agosto eram 4 milhões, nesse meio-tempo, acredite ou não, o preço subiu para meio bilhão. Havia tensões com a conta de luz, havia tensões por Dora. De fato, ele não queria ir embora, ainda assim já estudara os anúncios de imóveis, queria entregar o apartamento. Uma noite, fica decidido: até o meio de novembro precisam de algo novo, se possível nas redondezas. Ele diz que quer dois apartamentos. Para o caso de você não querer tomar um transporte à noite, quando você estiver muito cansada, se eu não quiser que você atravesse a cidade toda noite nesses tempos. Dora gosta desses tempos. Os quartos, no fim das contas, são indiferentes para ela, as senhoras Hermann deste mundo, até mesmo a cidade provavelmente daria no mesmo para ela. Agora ela se alegra, pois ele disse: dois quartos. Seu rosto se ilumina, do outro lado da escrivaninha, onde às vezes ela fica, recostada ao lado dele, a vida florescendo.

Quando dão um novo impulso à decisão da mudança, ousam no dia seguinte ir à cidade, seguem juntos até a Faculdade

Judaica, que fica no meio do Scheunenviertel. Se há uma desvantagem de sua vida próximos da natureza, está no fato de que estão longe demais dos judeus. O Doutor queria aprender, sabia tão pouco sobre os costumes, as leis, as rezas. Dora também queria aprender, mesmo que conheça tudo desde a mais tenra infância, também não tem vergonha em dizer a ele que às noites ela reza no quarto do casal, comemora o shabat, observa as regras, conhece as escrituras, que, para ele, são apenas um amontoado de histórias com uma mensagem que não lhe diz respeito.

Ele continua tentando ir ao teatro, mas *Um inimigo do povo*, com Klöpfer, está há semanas esgotado e o teatro Schiller fica além de suas possibilidades econômicas, e assim ele vê, em vez de Kortner, o rosto de Emmy inchado pelo choro, que o acompanhou e cujas exigências para Max aumentam tanto quanto os preços. Max deve se decidir de uma vez por todas, ou seja, pelo entendimento dela, ele deve abandonar a mulher; estar em Berlim a cada quatro semanas não é suficiente para ela. Certa vez, ela ficou muito indignada pela menção da palavra "dever", mas em geral fica cabisbaixa, fala sobre o último telefonema, que teria sido feliz, conta seus problemas, que tem planos de cantar num concerto de igreja. Ele não considera aquilo interessante de verdade, mas olha para ela desde sempre com prazer, gosta de seu perfume, dos ataques de ternura, quando ela toma a mão dele para não soltar, como ela o observa, como se fosse ali uma segunda Emmy que, durante as queixas da primeira, tem intenções muito diversas. Talvez o irritasse o fato de ela se despedir dele com um beijo, mas então ele diz a si mesmo que esperava, afinal ela é atriz, para os atores isso não passa de um costume.

Mesmo assim, ela não faz mesmo o seu tipo.

Ele sempre se sentiu atraído por mulheres obscuras, mulheres com vozes profundas, guturais, e Emmy não se encaixava nesse perfil. Dora tem uma voz assim, M. também, embora fosse notório que dificilmente se lembrava de vozes.

O engraçado é que ele não tem medo, não ao lado daquela garota, embora os preços estejam vertiginosos, apenas nas últimas semanas eles sextuplicaram, tudo custa quase cem vezes mais do que antes da guerra. Mas têm uma nova residência. Ele teve sorte, pois seria fácil ter ignorado o anúncio no *Steglitzer Anzeiger*, mas então as coisas foram rápidas, ele precisou apenas dar um breve telefonema, combinar uma visita e o negócio estava fechado.

O apartamento é praticamente na esquina, duas ruas adiante, num pequeno sobrado com bonito jardim, como ele escreve aos pais, dois quartos já mobiliados no primeiro andar, dos quais um deles, a sala de estar, é tão ensolarado quanto o atual, enquanto o menor, o dormitório, toma apenas o sol da manhã. Há também um terceiro quarto, médio, habitado pela senhoria. Mesmo com essa pequena inconveniência, assim ele espera, as coisas se arranjarão. Mesmo Dora surgiu nessa conversa, ao menos ele não escondeu que mais ou menos vive com uma mulher. Muito bem, veremos como tudo andará, supostamente o quarto é utilizado apenas como dormitório, pois a sra. Rethmann é médica e trabalha de manhã à noite em seu consultório na esquina da Rheinstrasse.

É o apartamento mais bonito que ele já teve.

Dora fica muito feliz com a luz elétrica, que exista calefação funcionando, pois na Miquelstrasse ela passara muito frio no inverno anterior, janelas e portas fechavam mal, o gás não queimava direito, sem falar na chateação constante com a sra. Hermann. Eles acreditam estar com muita sorte. Dora precisa sair logo, combinou de se encontrar com Judith, mas antes precisa dizer o que mais a alegra. Sim, devo lhe dizer? Ela fez algo com o cabelo, por isso ele diz algo sobre o cabelo dela, por um momento não queria deixá-la sair, mas então deixa, talvez ele ainda consiga algo hoje à noite.

4

O ÚLTIMO VISITANTE da Miquelstrasse é Max, que traz uma mala cheia de coisas para o inverno; é muito amigável e estranho. Se gosta dele, ela não sabe. Talvez tenha ouvido muitas histórias sobre ele, talvez esteja mais do lado de Emmy.

Os dois estão sentados à mesa quando ela chega, conversam sobre política, algo que aconteceu há pouco. Em Munique, ele soube de uma tentativa de golpe que, felizmente, fracassou. Falam sobre o homem que iniciou o golpe, um terrível antissemita, o que significa para os judeus que exista um homem dessa laia. Por dois, três minutos ela fica parada na porta e ouve, com um laivo de ciúme, mas em seguida tudo fica inesperadamente simples, Franz está tremendamente orgulhoso de poder finalmente mostrá-la ao amigo, Max dá a mão para ela com cortesia e diz: Então, a senhora é Dora.

Ele é muito mais velho que Franz, ela tem a sensação de que é verdadeiramente um homem, como se pode dizer, muito honrado, casado, um pouco entediante, ela acha, alguém que conhece o mundo, as cidades, as mulheres, viu e provou de tudo, não raro com remorso, como parece, com tendência ao drama. Isso ela soube por Franz, que certa vez o criticou nesse sentido. Sentam-se por um momento juntos, falam sobre os preços, o teatro, nesse meio-tempo surge o nome Emmy, mas é óbvio que já haviam tratado do assunto. Mais tarde, um pequeno jantar, conversam, chegam a Müritz, como eles se conheceram, a história interminável.

Assim, a noite passa. Por volta das onze, Max parte; lá embaixo, na rua, ele ainda dá alguns conselhos para ela. Alegro-me por vocês, ele diz. Cuidem-se bem, nunca parem de se cuidar, às vezes Franz é difícil, mas é das pessoas mais maravilhosas que conheço. É, diz ela, eu sei, enquanto ela pensa na verdade: O que eu já sei? e, por outro lado: O que esse homem sabe, o que sabe das mãos, da boca do Doutor, você não sabe de nada.

Ele é o melhor amigo de Franz.

Sobre a casa nova ele não falou muito. Se ela não é muito cara? Franz a teria mostrado com prazer, mas não houve tempo suficiente, Dora também a viu apenas dias depois e achou quase mais bonita do que Franz descrevera. A senhoria parece simpática, tem cerca de quarenta anos, algo austera em seu terninho cinza, reservada de uma forma cortês. O dinheiro para a calefação, entretanto, ela pede adiantado. O valor causa um choque, de fato ela pede pelo carvão quase o mesmo que pelo aluguel. Percebe-se que Franz pensa um pouco, a senhora só está fazendo isso porque sou estrangeiro, mas então ela mostra a fatura, acha ela mesma o montante absurdo, diz uma palavra amável para Dora, que ela a considera noiva dele, ninguém desmente.

E agora? É fim de tarde, poderiam passear um pouco e festejar que não há apenas senhoras Hermann no mundo, e mais ou menos assim ela diz também, faz uma observação sobre a camisa dele, que ela ainda não conhecia, sobre o homem bonito que ele é. Passam a noite com muita classe, o dinheiro vai embora, mas é apenas dinheiro, eles estão livres da sra. Hermann. Talvez ele escreva sobre ela, diz Franz. É mesmo? Ela fica surpresa, pois até então ele não havia gastado uma palavra sobre seus planos. Ela sempre pergunta sobre o que ele escreve, e agora vem à tona que ele escreve sobre a vida deles em Berlim.

Quando a sra. Hermann lhes dá o aviso de despejo, apesar de tudo, eles ficam surpresos. Supostamente houve reclamações no sobrado, na vizinhança, ela afirma, pouparam-na dos detalhes, ela não seria puritana, mas infelizmente as coisas não funcionam assim conosco, em Berlin. Ela se dirige apenas a Franz, enquanto trata Dora como o vento, como na noite anterior, quando ela mal a cumprimentou, fez apenas um chiado com o qual se notou de pronto como estava furiosa. A essa hora na rua? Dora passou metade da viagem com ódio desse fato e agora, no café da manhã no dia seguinte, ela simplesmente chega e faz uma cena diante deles. Sua voz soa como um verdadeiro falsete, é óbvio que ela contou com alguma resistência, mas, como Franz não se manifesta, ela se vira rapidamente e volta para o quarto.

Por um tempo, Franz fica indignado, não consegue se lembrar de ter sido tratado alguma vez daquela forma, embora já tivesse lidado com alguns senhorios antes. Com apartamentos e casas, eles percebem, já estão escolados, para Franz foram cerca de uma dúzia, os hotéis, pensões, sem contar os sanatórios. Dora também mudava-se amiúde, apenas em Berlin foram cinco vezes nos últimos três anos. Mal lembra da casa paterna em Pabianice, mas ainda recorda o grande apartamento em Będzin, pouco antes da morte de sua mãe. Em Cracóvia, após ela fugir de seu pai, morou num porão e via por uma pequena janela as pessoas passeando na calçada; em Breslau, morou num quarto nas proximidades do abatedouro e, em seguida, da estação de trem. Muitas vezes, Franz não acreditava nela de pronto, o primeiro inverno num gazebo fechado em Pankow, o quarto minúsculo sobre um salão de baile e outro, ainda menor, próximo da via elevada. As pessoas andam por aí, eles concordam, mesmo que ambos não tenham viajado muito, Franz ainda menos do que ela pensava, de fato esteve apenas na Itália, um pouco na Suíça, Alemanha, Áustria. Ela gostaria de ir para Londres ou Paris. Vem comigo para Paris? Ela esqueceu que ele já esteve lá, um século atrás com Max, mas isso não conta; se ele pudesse, diz ele, viajaria com ela agora mesmo.

À noite, no quarto, ela tenta imaginar como ele era aos 25 anos. Nessa época, ela era uma menininha, ia à escola, mas ainda assim: tudo teria sido como em Müritz. Onde ela o tivesse encontrado, num café com amigos, ela tremeria e esperaria e nunca mais o esqueceria. Franz diz assim: Se eu tivesse encontrado você antes, teria sido bem diferente, mas antes eu não podia encontrá-la, o primeiro momento foi Müritz. Eu não estava pronto antes disso. Tudo precisou acontecer como aconteceu, apenas então eu pude ter você e vir para Berlim e viver assim, como vivemos.

No dia seguinte, eles se mudaram. É mais um passeio do que uma mudança, como se trocassem de quarto de hotel, de um lado do corredor para o outro. Dora está lá desde a manhã e ajuda a fazer as malas, o manda à cidade almoçar para que ela possa transportar as coisas em paz. Ela precisa fazer duas viagens. Lá fora está fresco, mas de certo modo ensolarado, um grupo de crianças a observa, elas querem saber para onde ela irá.

Na nova casa, ela precisa primeiro ir do quarto grande para o pequeno e de volta para o grande, onde está o sofá. Então arruma as roupas de baixo e as outras vestes no armário, pendura os ternos dele, faz compras para a noite. Ela se troca, testa o banheiro, então, em roupas frescas, começa a esperá-lo. Muito depois das seis ela finalmente o ouve na porta. Ele encontrara um conhecido que o convidou para ir até a casa dele, por isso demorou tanto. Está envergonhado por não tê-la ajudado nem um pouco, percebe logo as flores, a ordem nos dois armários, o vestido. Ela parece tão vívida, ele acha, de alguma forma nova, ou é o ambiente estranho, a luz elétrica com a qual ele primeiro precisa se acostumar. Com você, ele diz. Ou não? Meu Deus, em Müritz ela pensava nele o dia todo, como eu o esqueci assim, espero que ele não seja casado, como posso revê-lo? E agora está aqui com ele na casa nova e está nervosa, não exatamente nervosa, antes tensa, como uma garotinha. Em assuntos de amor ele continua complicado, mas é sempre gostoso estar com ele, ela se sente bem, não tem pressa. Certa vez, há pouco, ela lhe disse: Não precisa ser tão cuidadoso comigo, ao que ele ficou muito surpreso e retrucou: Mas comigo eu preciso ter cuidado; o que parece respeito com você é apenas cuidado comigo mesmo.

Aos vinte anos, ele às vezes visitava prostitutas. Ela não soube por que ele lhe confessou isso, se ela acha ruim, por si, se isso a atinge de alguma forma. Ainda era quase uma criança, por isso havia uma certa ilusão da inocência; tinha buracos nas meias e sempre ria, por isso ele ainda se lembra. Das outras, ele conhecia apenas o pavor. Por alguns anos, diz ele, e então não mais. É noite, ele está deitado no sofá, olhos fechados, como se dormisse. Ela não acha que a confissão mudará algo, de uma forma esquisita a considera tocante, como se pudesse sentir o quanto ele era terrivelmente jovem naquela época, como ela mesma antes de o encontrar; jovem e incauto.

Ela buscou algumas coisas do seu quarto na Münzstrasse, vestes, roupas de baixo, sapatos. Traz consigo maquiagem, o batom vermelho, uma lata de pó começada, livros para as noites quando ele estiver sentado à escrivaninha. Agora ele escreve toda noite até o raiar do dia. Quando ele se enfia nas cobertas ao lado dela, Dora desperta por um momento em seguida e fica feliz, nos primeiros dias, enquanto ele ainda dorme, ao lado dele na cama estreita, na qual ela acredita por um instante que o salvou.

Que ele há anos dorme mal, já explicou para ela em Müritz, as coisas com as assombrações que ela talvez não tenha entendido ou às quais tenha dado pouca importância. Ela pensou que, quando estivesse por perto, eles não apareceriam, mas agora ela começa a compreender que o inimigo é mais forte. As assombrações são suas preocupações? No início ela acredita nisso. Eles quase não têm dinheiro, vivem na época errada; manifestações acontecem na cidade, não faz muito tempo houve brigas sangrentas entre a polícia e os desempregados, que ficaram feridos. Mas não é isso. Também não parece ser sua doença. Ambos sabem que ela apenas dorme, pode aflorar a qualquer momento, mas as assombrações ele conhece há muito mais tempo.

Às vezes elas desaparecem, deixam-no em paz por um tempo, então pensam em outras coisas. Ela diz que não gosta das assombrações. Por que logo você? Ela gostaria de fazer algo por ele, faz chá na cozinha, embora ele diga que é tempo perdido, ela deve dormir, mas então deixa que ela fique com ele no sofá, até ele ter vencido dessa vez.

Nunca ela imaginou que algum dia viveria dessa maneira. Em sua juventude, tinha milhares de planos, com dezessete, dezoito anos, quando aos poucos se perguntava como seria o futuro, que homem encontraria, se os filhos viriam. Com dezessete, ela se tornou sionista. Começou a fazer teatro, brigou com o pai, que não superara a morte da mulher. Aos vinte, furiosa, o abandonou e, com 21, a segunda vez. Isso foi há apenas quatro anos? Desde sempre quis o teatro, ser atriz como Emmy, não só como Emmy, por Deus, mas incorporar papéis alheios, em textos alheios, de preferência em iídiche e hebraico, além dos clássicos, Kleist, que Franz tanto admira, algo de Shakespeare. Seria um sonho. Sonho que fica um pouco esvanecido, algo de que ela poderá lembrar um dia, caso ainda seja importante, pois ao lado de Franz esse sonho perde mesmo sua importância.

Ela conta a Judith como se sente quando ele escreve. De fato, é muito bonito, algo estranho, de certa forma sagrado, ela gostaria de dizer, mas não sabe. Certa vez ela o observou pela porta entreaberta. Parecia ser um trabalho difícil, menos a espera, embora a espera também seja parte do trabalho, contudo naquela noite ele escreve e escreve, decerto com martelo e cinzel, ela teve a sensação de que o papel era como pedra, algo que não se submete, mas por fim amolece, e então parecia quase fácil, não apenas uma tortura, como se ele nadasse, lá longe, antes da costa, pensou ela, e cada vez mais mar adentro.

Às vezes ele também fica enraivecido. Então, fica muito quieto, contido de uma maneira sinistra; quanto mais enfurecido, mais quieto. Até agora ela acreditou que isso não aconteceria com ele, mas desde hoje pela manhã ele está fora de si. Os pais mandaram um cheque de 31 bilhões de marcos imperiais, o que infelizmente significa que levará um tempo até eles terem esse dinheiro, e nesse tempo ele terá perdido um terço do seu valor. Ainda à noite ele prageja. Escreve uma longa carta para Ottla, que planeja uma visita em Berlim, parece se acalmar, então novamente se irrita, nem mesmo a refeição o agrada, o que dizer sobre o caso? Os pais tiveram boa intenção, diz ela, eles não conhecem as circunstâncias, se soubessem da situação, ficariam apavorados de verdade.

Ele ainda trabalha por muito tempo após as dez, a história sobre a velha senhoria serve novamente de chacota. Melhor que não venha uma sra. Hermann, diz ele, ela o empurra como uma criança que quer chocolate. Então ela não ouve mais nada. Está acordada, lê, de alguma forma espera que ele a chame, mas ele não chama; fica sozinha, como se ele a tivesse esquecido.

5

DEPOIS DE MUITO TEMPO essa é a primeira história na qual ele acredita razoavelmente, da qual ele sabe que chegará ao fim, e de fato praticamente a termina. Não é muito longa, algumas páginas, mas ele parece ser capaz ainda, pensou até mesmo em ler para ela, o que desde sempre fora um bom sinal para ele. Ele trabalha, sente-se forte, conseguiu até mesmo escrever para M. sobre uma carta queimada dela e uma dele, o que acontece desde julho. De pronto, ele cai no tom antigo, fazendo com que, infelizmente, não se expresse com aquela precisão. Algo grande aconteceu, ele escreve no início, comenta sobre a colônia, a perspectiva em princípio vaga de ir para Berlim em vez de seguir para a Palestina, como desde sempre fora impossível para ele viver sozinho onde quer que fosse; no entanto, também nisso ele encontrou em Müritz uma ajuda improvável. E agora ele vive em Berlim já desde o fim de setembro, claro que não sozinho, embora assim pareça. Mora quase no interior, num sobrado com jardim, a casa é a mais bela que já teve. Come relativamente, escreve ele, a saúde, veja bem, e então, para terminar, ainda rapidamente uma reverência diante das sílfides, profere até mesmo a palavra medo, num lugar bastante notório, como se deve dizer, pois com a palavra medo, como se batesse para sempre uma porta atrás de si, ele termina a carta. Precisou de duas noites para tanto. Fica feliz que M. não conheça sua nova vida, que ela more em Viena, há pouco parece que esteve na Itália, bem longe de Steglitz, na prática – inalcançável.

Também nesse dia chegaram pacotes e pacotinhos, fina e asseadamente numerados, para que fosse possível ver se algo extraviara, o que por infelicidade aconteceu. Uma garrafa de vinho tinto que a mãe lhe enviou, um par de pantufas, quatro pratos, uma garrafa grande de suco de framboesa caseiro, além de, como de costume, manteiga, até mesmo um pão de Graham, embora ele tenha tomado gosto nesse meio-tempo pelo pão de Berlim. Amanhã chega Ottla. Ele lhe enviou uma lista com coisas necessárias e urgentes, três panos de prato seriam ótimos, duas toalhas de mesa, o saco para os pés diversas vezes solicitado, o qual ele almeja muito, pois ao escrever infelizmente fica sempre com os pés gelados.

Diferentemente da visita de Max, ele não duvida um segundo sequer de que a de Ottla será um sucesso e, de fato, Dora e Ottla se entendem de pronto, mesmo que seja apenas por algumas horas, pois, que lástima, a irmã precisa voltar para casa na mesma noite. Se Ottla tinha preocupações sobre a vida berlinense do irmão, elas logo esvaneceram. Ela fez diversos elogios sobre a moradia, as cercanias interioranas, também o estado do irmão desta vez não parece motivo para preocupação; percebe-se, diz ela, que as coisas vão bem para vocês, uma tristeza que as circunstâncias lá fora estejam tão difíceis. Grande é a alegria pelas coisas trazidas, pensou-se até mesmo numa espiriteira, o que faria principalmente Dora feliz, e então Ottla, que a ajudou na cozinha, onde ele as ouviu por muito tempo conversarem com camaradagem.

No caminho da estação de trem no fim da tarde, Ottla diz que o entende. Dora é diferente da gente, mas exatamente por isso você ficou atraído por ela, ou por acaso não? Ela é do Leste, o que fica mais do que óbvio, mas há mesmo coisas em comum, ele acha, o senso prático que distingue os dois, como eles riem. O pai veria apenas o Leste. Possivelmente é a primeira vez que eles não falam sobre o pai, sim, não mencionaram sequer uma sílaba, não durante todas as quatro horas, pois agora levam a própria vida à sua maneira, a irmã com Josef e a criança, e ele próprio com Dora, nessa casa em Steglitz.

Para sua surpresa, ele continua a escrever, sem interrupção. Já na noite da partida de Ottla, ele inicia uma nova história, sobre o quê ele não sabe, nem para onde ela o levará, de qualquer forma não para Berlim, pois a história descreve a construção de um covil subterrâneo por um animal. O sono é medíocre há dias, mas ele escreve, ele vive com esta mulher, juntos numa casa, apesar disso ele escreve. Nesse ínterim ele leu a história da sra. Hermann para Dora, ela riu em diversas passagens; no entanto, na verdade, não é uma história sobre a sra. Hermann, o que, contudo, ela não sabe.

Ele não olha mais apenas para dentro, tem a impressão, como após uma leve virada de cabeça, de que algo muda seriamente, de tão surpreendente que é. Como se sempre precisasse apenas virar a cabeça e, de repente, olhar para fora, onde Dora está e a experiência da comunhão, que ele associa a ela.

Sobre animais ele já escreveu bastante, sobre as criaturas mais rasteiras, sobre uma barata, um macaco, uma toupeira gigante, um abutre. Escreveu sobre cães e chacais, sem falar nos leopardos, no gato que devora o rato.

O início da nova história era o seguinte: Arranjei a construção e ela parece bem-feita. Por fora, de fato, fica visível apenas um grande buraco, mas na verdade ele não leva a lugar algum; logo após alguns passos tromba-se numa rocha natural sólida.

O que acontece, então? Cai a primeira neve, está muito frio, sem sol, mas às vezes ele aparece, por isso há dias o Doutor não sai de casa.

Os berlinenses estão famintos, chegam doações de alimentos de todas as partes da Europa, o que ele acompanha apenas de longe, aqui e ali um detalhe vindo de Dora, quando ela traz as compras ou encontra com amigos. As pessoas se acostumaram a ver pedintes nas ruas, é triste que metade da cidade tenha se transformado em pedinte, as pessoas estão frágeis e, de uma forma passiva, desesperadas, no Scheunenviertel a situação é a mais deprimente, embora as agressões contra os judeus em novembro não tenham se repetido. Dora diz que o Lar Popular Judeu está no fim, ela gostaria de fazer algo, não apenas cozinhar sopas para os mais pobres dos pobres, mas mudar algo.

Deve-se escrever sobre o mundo ou mudá-lo?

Ele respondeu a última carta de Robert e explicou por que não conta quase nada de si, muito menos explica, apenas observa que nada acontece. Não escreve à família, a Max, aos amigos quase esquecidos, sem remorso, especialmente ele acredita sentir que não tem muito mais tempo.

Está sob pressão e não sabe se conseguirá aguentá-la, mas também tem o tempo que nunca tivera. Talvez seja mesmo sorte, pensa ele, essa forma de desaparecimento, às noites no quarto parcamente iluminado, quando leem em voz alta, Dora em hebraico a Torá, ou ele algo dos irmãos Grimm ou do *Schatzkästlein*, de Hebel, a história do montanhês, que ele ama acima de tudo. Nesses momentos ele sente que tem todo o tempo do mundo, o que significa que não é desperdiçado, lembra-se, em poucos minutos irá para a escrivaninha, e então ficará sentado, essas situações de suspense ainda são muito complicadas para ele, se ela se recosta nele ou cruza as pernas, essa mistura de espera e temor.

Alguns dias e noites ele cava sua construção e se surpreende como tudo é fácil.

Nas manhãs, quando ele se veste, camisa e gravata, no pequeno banheiro, frente ao espelho, quando se lava e se barbeia e então se veste, o terno escuro, passado e engomado com perfeição, como se ele tivesse um compromisso num café pela manhã onde logo ele a encontrará, e mesmo assim ela está há tempos aqui, num vestido, numa blusa que ele conhece.

Ele se pergunta quando aprendeu isso. Ou as pessoas podem fazer as coisas com zelo se e apenas se isso for exigido por outrem?

Também as noites continuam surpreendentes, pois de alguma forma é necessário tirar as roupas, preparar-se para a noite, o quarto é compartilhado, não se está sozinho, o que não mais incomoda, ao contrário, pois exatamente assim, ele pensou, as pessoas precisam viver um dia.

6

Por algumas semanas ela fica perfeitamente feliz. Surpreende-se com muitas coisas, suas tardes na cama, suas histórias estranhas, quando ele lhe conta que aqui e ali ele pensou nela, esse lugar, onde o animal junta as provisões, a praça do castelo, essa é você, embora ela não consiga reconhecer a ligação, por mais que queira imaginar. Mas isso não muda nada em sua felicidade. O inverno é rigoroso, na cidade as pessoas estão esfaimadas, sobre isso eles conversam amiúde, como são felizes, pois têm o que têm. Muito mais que isso ela não pensa, também porque se proíbe mais, a pergunta infantil, o que será deles, aqui nessa casa, que ela não gostaria de deixar nunca.

Ottla explicou como a vida com filhos muda. Perguntou sem cerimônia, e então, vocês?, na cozinha quando estavam as duas. Como Dora não conta com a pergunta, consegue apenas gaguejar, na verdade sim, diz ela, é tudo tão novo, nesses tempos, ela não sabe. Ottla a olhou preocupada, pois ambas sabiam que as coisas dependem de Franz, que infelizmente ele está doente, pois se não estivesse provavelmente ele quereria filhos com você. Vocês conversaram sobre isso? Ao que ela consegue somente dizer: não, e chegam à menina com a boneca, pois claro que nunca falaram sobre aquilo, mas em certo sentido sim, naquela época no parque, por alguns dias. Ottla gostou muito da história, ela é muito gentil, quer confortar Dora, quem sabe o que ainda está por vir, você é jovem, talvez ele volte a ter saúde ou encontrem um medicamento, como saber? Ottla a abraçou forte, como uma irmã, pensou, de alguma forma conformada, surpresa, que ela precisasse disso, que alguém a visse assim.

No começo de março, ela faz 26 anos.

Ela falou com Franz sobre o segundo apartamento, e chegam a um consenso de que ela não o manterá, é um gasto desnecessário, no meio do mês ela se demitirá. Nunca gostou do quarto, a cama antiga na qual ela chorava quando Albert saía, o cheiro de mofo dos tapetes, os móveis gastos. Certa vez ela trouxe Hans, o que foi um erro grave. Tudo estava complicado, não sabiam o que dizer, ademais ele não chegou a falar, e então levantou e nunca mais voltou.

Em seus caminhos, a demissão não mudará muito. Ela continua a ir a cada dois dias no Lar Popular, onde a situação piora a cada semana, pois falta praticamente tudo, dinheiro, mantimentos, os pobres judeus no bairro mal sabem como ajudar. Franz a encoraja. Alguém precisa cuidar, diz ele, ninguém faz isso melhor do que ela, contudo ela se questiona, sente-se fraca, em dúvida se fica melhor com Franz ou com as crianças.

Ele ainda não terminou sua história. Mas continua, regularmente até as dez, dez e meia ele fica sentado, e sem qualquer combinação, às vezes, ela fica com ele, lê um livro ou apenas fica lá sentada e observa o ritmo dele, as pausas, antes de ele retomar o fio da meada. Certa vez ela adormece e, quando acorda, ele está sentado ao seu lado, totalmente mudado, exausto, como após um trabalho pesado. Tem uma luz no rosto, algo que a incomoda por um tempo, depois não mais. Lá fora amanhece. Você está acordado? Sim, diz ele, e agora encontrei você aqui. É óbvio que ele nunca viveu algo assim, está estranhamente emocionado, sussurra, como se em princípio fosse impensável ele estar ali com ela, naquele apartamento.

Desde que a conheci, sou outra pessoa.

A cada poucos dias ele lê algo para ela, ficam juntos o tempo todo. Às vezes, eles até mesmo oram juntos, e ela sempre se espanta ao ver como ele sabe pouco. Mas exatamente essa, talvez, seja a beleza, quando ele profere as rezas ao lado dela, de uma forma beata, mas desastrada, como um aluno que murmura para si mesmo as primeiras letras do alfabeto e, em pensamentos, está sabe-se lá onde. Ele se zanga, tem a sensação de que faz tudo errado, mas não há certo ou errado, é preciso apenas dizer as rezas. A gente cria um espaço, diz ela. Tudo está silencioso. Apenas quando está tudo silencioso ela ouve às vezes uma voz, lá longe, mais estridente que profunda, estranhamente jovem, de forma que não é difícil pedir a Ele. Me ouve? Senhor, diz ela. Por favor, me responda. Ele deve saber apenas que ela está aqui e não pede nada impossível.

Por um momento ela fica estranhamente sensível, não segura o choro emotivo quando Ottla manda duas toalhas de mesa e algumas flanelas de limpeza, de repente teme o inverno. Mesmo que a primeira neve esteja bem longe, chove, eles têm aquecimento e iluminação, por isso não há motivo. Franz é muito carinhoso. Ele escreve, mas não todo dia, passa o braço em torno dela, alegra-se pela refeição que ela prepara, senta-se com ela na cozinha, quase como naquela época em Müritz.

Intuição é a palavra errada. Há uns dias ela não tem paz interior, anda o tempo todo para lá e para cá, com um saber indistinto, eles estão vulneráveis, ele e ela, antes de aos poucos os temores se perderem.

Franz escreve há dias, parece exausto, mas satisfeito. Ainda não acabou, tem dificuldades com o fim, mesmo assim gostaria de ler para ela, o que ele faz. De novo ela precisa pensar, como ele fala bonito, ouve mais sua voz que a história, que para ela continua estranha. Franz é esse animal? Às vezes ela vê apenas o animal, então volta a acreditar que entendeu que ele escreve sobre sua vida aqui em Steglitz, tudo enclausurado, mas não tanto para que o ponto decisivo não escape dela. Ele disse que ela é a praça do castelo. O animal tem medo, trabalha dia e noite, aqui e ali tem fome, e de fato as provisões imensuráveis, a construção toda cheira a carne, e a carne sou eu, ela pensa assustada, e então chega a parte na qual ele come a carne, e aquilo parece horrível.

Ainda no dia seguinte ela está perturbada. Lá fora, a tempestade ruge há horas, Franz foi deitar-se, por isso ela tem tempo de continuar suas reflexões. Ela se sente nua, de alguma forma exposta, também ferida, mas o engraçado é que gosta daquilo. Ela é a carne, mas diferente de quando estava com Albert, que simplesmente a descartou. Ela mesma não entende direito. A história é terrível em si. Realmente ele tem medo o tempo todo? Pois, acima de tudo, é uma história sobre o medo. Os animais têm medo? Ela riu em alguns momentos e espera que Franz não fique bravo com ela. Ele negou de pronto, parecia, ao contrário, alegre, embora os trechos fossem os mais abomináveis.

Claro que a tosse, diz Franz, sempre estará lá. Está aqui dentro como as assombrações, não se deve, pelos céus, acordá-las, talvez nem mesmo falar delas, pois senão as atiçamos para fora de seu esconderijo e não conseguimos mandá-las embora tão facilmente.

Eles tomaram café juntos, Dora veste o penhoar dele e senta-se em seu colo. É novidade ela trajar seu penhoar, que ele lhe permita colocar cumprimentos em suas cartas, que todos saibam dela e perguntem sobre ela, Max e Ottla, que já estiveram ali, e agora também esse Robert, de quem ela apenas sabe que esteve com Franz num sanatório. Apenas os pais não sabem nada dela. Quando escreve aos pais, soa sempre como se ele estivesse totalmente sozinho em Berlim. Não gostaria que eles se preocupassem, diz ele. Somente se eles não se preocuparem deixarão que ele viva ali em paz, e assim ele reclama que lavar roupa em Berlim é caro, comenta sobre o tempo, que até agora não estava tão ruim, seco e não muito frio, um pouco de neblina, agora chove, decerto, mas não com tanta força.

7

A história continua sem final, por enquanto ela termina num impasse: existe a carne e a construção, há o ruído do inimigo que não cessará por nada nem ninguém. Se alguém dissesse para ele em quais dias ficaria mesmo doente, e ele de fato ficasse doente, não seria surpresa. Surpreendente seria de qualquer modo o contrário, mas também o contrário aconteceu, pode-se sobreviver à tuberculose, em alguns poucos casos ela se dissolveu, como se pode dizer, no ar. Ao menos ele sempre ouvia algo assim, em outros tempos de sanatório, quando ele mesmo não era um doente do pulmão e, para ser preciso, nem paciente era.

Nos braços dela, às vezes, ele acredita nisso. Ou melhor: ele esquece daquilo que em princípio ele não crê, pois na verdade ele se preocupa sem cessar, perscruta, ouve dentro de si mesmo, mesmo nos braços dela, onde, por sorte, ainda há outros ruídos.

De um dia para o outro, começa de vez o inverno. Nas ruas, a neve chega à altura da canela, o tempo está frio e cinzento, e justamente agora ele volta depois de semanas a ter febre. Não muita, mas tem. Dora o manda logo para a cama, a pulsão de escrita das últimas semanas vai embora, ele se sente ignorante e vazio, folheia sem vontade o jornal que Dora trouxe, o dia inteiro fica insatisfeito, por isso ela se preocupa, mas não, continua sem sinal da tosse. Sente-se sem forças, o que de alguma forma é adequado, agora no fim do ano, pois lá fora tudo começa a decair numa rigidez de morte.

A noite passa sem acontecimentos especiais. O 24 começa como o 23 terminou, ele tem febre, mas sem tosse, ele fica deitado no sofá perto do forno, enquanto Dora faz os últimos preparativos para as festas. Mal ela sai, vem a febre. Ele começa a congelar, incandesce e ao mesmo tempo está com frio. Dora, quando retorna, espanta-se, telefona para um médico que conheceu em outras épocas, que por sua vez manda seu assistente, um homem com cerca de trinta anos que não consegue diagnosticar nada. É preciso apenas esperar, diz ele. Fique na cama, é seu conselho, também diz seu preço logo em seguida, uma quantia absurda.

Como apenas tem febre, o Doutor gostaria mesmo de não estar deitado, mas por amor a Dora ele fica na cama, escreve outra carta a M., um pouco pior do que ele se sente, mas entre eles costuma ser assim. Embora nada falte a ele no momento, escreve sobre os antigos sofrimentos que também o teriam acometido aqui em Berlim e deixado prostrado, tudo lhe causa esforço, cada risco da pena, por isso ele não escreve, espera por tempos melhores ou ainda piores, no mais bem e carinhosamente protegido – essa é sua frase sobre Dora – até os limites da possibilidade terrena. Não há muito mais a dizer. Lá fora neva, os flocos dançam há horas diante da janela, o que é muito agradável de se ver, como se voltasse à infância.

No quarto dia, a febre se vai. Dora gostaria que ele continuasse deitado, embora ele considere um exagero. Ela age ainda com muita apreensão, quando sorri, quando traz a comida ou se senta na cama e diz que a aparência dele está terrível. Como a morte, diz ele, ao que ela sacode a cabeça com força, pelo amor dos céus, não, e então irrompe em lágrimas, pois foi exatamente o que ela pensou.

O frio é intenso, nas janelas crescem os cristais de gelo como flores, mas ele parece estar novamente bem. Agora, no segundo dia sem febre, Dora pode confessar a ele que durante a febre telefonou para Elli, lá na sala de estar, quando ele mal era capaz de formular um pensamento claro e apenas se perguntou por que ela ficara tanto tempo longe. Dora sente remorso, pois não pediu permissão, no fim das contas ela não pode simplesmente ligar para a família dele, mas em seu desespero não sabia mais o que fazer. Não fique nervoso, diz ela, mesmo que em momento algum ele fique nervoso, antes aliviado, pois odeia telefonar. Será que Dora não gostaria de telefonar por ele no futuro? Basta a campainha do telefone para lhe causar aversão, todas as vezes se assusta até a alma, na maioria das vezes também não sabe o que dizer, ou tudo fica confuso como há pouco com Elli, as pessoas se interrompem, pulam daqui para lá, perguntam coisas totalmente superficiais como sobre o tempo, você dormiu bem?, e a tosse?, coisas que se ditas ao vivo seriam esclarecidas com toda a tranquilidade.

A única carta que se tornou necessária para Elli começa assim: Pensei logo no pior, por exemplo, que ela comprara meio pombo, mas então era sobre o telefonema. Para Ottla ele escreveria de outra forma, mas no caso de Elli o Doutor sempre tem a sensação de que ele precisa se antecipar às suas acusações, além disso ela não deve perceber as preocupações dele sobre a alta contínua dos preços ou mesmo pensar se não seria melhor ele deixar Berlim. Por um tempo seria um jogo, afirma ele, nomeia as alternativas existentes: Schelesen, Viena ou o lago de Garda, volta atrás. Após o Ano-Novo decerto vai melhorar, escreve ele, provavelmente os preços devem cair pela metade, ele ouviu dizer, é possível que caiam por completo, brinca ele, ganharemos dinheiro para ficar à toa, sem acrescentar que Dora conseguiu reduzir os honorários do médico pela metade por telefone.

Será que ele não gosta de telefonemas porque a voz não mente? Em cartas é possível disfarçar, deixam-se as coisas no ar, o que por telefone fica límpido e claro. Por exemplo, o pedido por uma escarradeira pequena ele não queria expressar ao telefone. A questão é um pouco complicada, diz respeito à senhorita, a quem ele sabe que deseja presentear com algo no Natal. O Natal ficou para trás faz tempo, ainda assim ele deixa a senhorita pedir a Elli que providencie a ele um novo cobertor na Waldek&Wagner; a escarradeira e palmilhas de borracha ainda temos, há muito ele não usa, apenas por precaução.

De um dia para o outro não há mais álcool. Dora tentou em diversas lojas, mas em vão, por isso ela cozinha agora sobre tocos de vela, o que exige esforço e chega a ser ridículo, mas no fim das contas, de alguma forma, ela consegue. Quase queimam a língua de tão quente que fica a refeição, apesar disso há outro revés. Faz uma eternidade que não conseguem mais nada, mal conseguem arcar com a postagem das cartas, sem falar nos custos extras.

Desejos para o novo ano há o suficiente: contudo, na maior parte deles ninguém ousa pensar. Dora gostaria de nunca mais apavorar-se como há uma semana; na passagem de ano ela gostaria de estar aqui com ele na cama. Já passara bastante da meia-noite, Dora mal consegue manter os olhos abertos de cansaço, seus pés estão frios, mas o restante está bem quente, sob o cobertor, onde ele ainda consegue abraçá-la. Por volta das duas horas ela adormece, o que é um pequeno milagre, pois o barulho com a janela aberta é monstruoso por horas a fio, como ele mais tarde relata para os seus, sem considerar o frio congelante, o céu cheio de foguetes, em toda a vizinhança música e gritaria.

Eles não ficarão assim, juntos, para sempre. Às vezes ele consegue vê-la, sozinha, sem ele, em dez anos, com 35, quando a beleza aos poucos se obscurece, mas ao mesmo tempo fica óbvia e, em certo sentido, definitiva. Ela não será esguia para sempre, mas antes rechonchuda, se ele não se enganar, contudo o olhar continuará, sua gentileza, sua vivacidade, a boa-fé.

Certa vez, ele sonha com F. Pensa pela primeira vez nela em semanas, apenas porque sonhou com ela. Sabe por boatos que ela está casada e tem filhos, pois, após terem desmanchado o noivado, nunca mais se escreveram. Ele não sabia o que escrever. Que finalmente conseguiu a vida que ela não estava pronta para levar com ele? Do sonho ele sabe apenas que havia um móvel, o mobiliário de um salão imenso, pois sobre essas questões eles brigavam constantemente.

Para Ottla ele escreve que Merano não seria ruim. Apesar disso, fica por enquanto em Berlim, onde depois do Ano-Novo, conforme anunciado, os preços baixaram um pouco, a viagem de trem urbano até a Potsdamer Platz custa um terço a menos, um litro de álcool quase a metade. Apesar da preocupação de Dora, eles vão até a cidade, o clima não se mostra tão ruim e, de fato, faz bem estar novamente entre as pessoas, pode-se garantir que tudo está entrando nos eixos, os preços, como se diz, são interessantes; por exemplo, em um restaurante de esquina, um escalope vienense com aspargos custa, acredite ou não, vinte coroas. Sim, o frio está forte, escreve ele à noite, mas sob seu edredom está quente, às vezes há uma paisagem quente no parque sob o sol, e com as costas coladas à calefação central fica tudo muito bom, mesmo quando ainda, exagerado, calça o saco para os pés.

8

O QUE MAIS A DEIXA FELIZ é que agora também seus pais sabem dela, agora é oficial que vivem juntos. Ela já estava um pouco chateada por isso, Franz tinha escrúpulos em lhes dizer, mas agora eles sabem, ela tem uma pequena aparição nas cartas trocadas por eles, tem um nome, ela é a mulher que está ao lado dele, por quem até mesmo eles têm gratidão; fada madrinha, os pais a chamaram na última carta, quase como num conto de fadas.

Más notícias por conta da casa. Eles conversaram com a senhoria, de fato apenas porque cogitaram entregar o segundo quarto, contudo agora parece que devem ainda alugar o terceiro, pois a sra. Rethmann precisa de dinheiro; o valor que ela pede é proibitivo. Sim, infelizmente, diz ela, e Franz quer saber quando, ao que ela responde, não de hoje para amanhã, ela imaginou até 1º de fevereiro, além disso haveria eventualmente uma substituição, alguém procura, por um caso de falecimento, novos inquilinos, ela falará com a pessoa.

Diferentemente de novembro, o pedido de despejo a pegou desprevenida. Franz leva a questão muito a sério, sente-se banido, não gosta mais da casa, duvida de Berlim, de sua vida, provavelmente seria melhor ir embora. Mas para onde? Ele contou para ela sobre Merano, pois há anos ele esteve lá, mas ela não consegue imaginar, além disso ele apenas visitou Merano naquela época, sozinho, mais ou menos em férias. Assim, não seria melhor o lago de Garda, onde ele também já esteve? O lago de Garda, diz ele, é quase tão grande quanto o mar, mas italiano, com pequenos vilarejos coloridos, distante das montanhas. Também em Merano há montanhas para todos os lados, ela teme essas montanhas, nunca teria imaginado que sua vida de um dia para o outro pudesse entrar em tamanha confusão.

Ela pede conselhos a Judith. A amiga já ligou diversas vezes e disse que elas precisavam se encontrar, havia novidades. Não, não é homem, pois Dora perguntou: é homem? Bem, talvez, disse Judith, mas não o que você está pensando. Elas marcam num café em Moabit de propriedade do tio de Judith, e ainda enquanto fazem o pedido vem a revelação: Judith vai para a Palestina no fim de maio, mais tardar no verão. O homem de que se trata chama-se Fritz, não é tão velho, 36 anos, médico, há muito sionista. Ela quer ir com ele para um kibutz à beira-mar. Além disso, não há nada mais entre eles, mas ele perguntou se ela teria alguém com quem ir. Não quer vir? Dora conta sobre Merano, ela não sabe se conseguirá ir para Merano. Judith diz: Se podem ir para Merano, podem muito bem ir para a Palestina. Mas isso está totalmente fora de questão, onde eles morariam lá, sem falar do estado dele, pelos céus, para onde eles devem ir?

Neve e mais neve, ela pensa em Judith, que vai para a Palestina, enquanto em pensamentos ela continua a passear pelas montanhas. Franz está muito quieto, ele gostaria de saber de uma vez por todas o que será da casa, mas a conhecida da sra. Rethmann viajou, eles se encontram no corredor e se cumprimentam, tomam cada qual seu caminho. Certo dia, à tarde, ela está com um homem diante da porta, provavelmente um interessado que não parece muito animado. Ele lança um olhar oblíquo para Franz, que está deitado no sofá, enquanto a sra. Rethmann comenta sobre as vantagens dos três quartos e finge estar inconsolável por precisar despejar esses maravilhosos inquilinos.

Agora, eles ficam um pouco em suspenso. Ora imaginam que ficam, ora se veem na casa da conhecida. Ou devem ir embora de Berlim? Volta à baila o nome Merano, ela se acostuma, Merano, por que não, então Franz fala de Viena, o que, sinceramente, a surpreende, pois em Müritz ele não disse coisas boas sobre Viena, Viena seria impensável em todos os sentidos, embora de qualquer forma seja uma cidade.

Desde a febre ele pouco tem escrito. Senta-se à noite, mas percebe-se que não está satisfeito, o trabalho o exaure, segue drenando suas forças em vez de dar-lhe novas. Às vezes ela quer pará-lo, admoesta e implora, não por tanto tempo como ontem, pois ontem novamente foi até de madrugada. Ela ouviu quando ele veio, gostaria de ter perguntado o que ela, contudo, não ousa, no café da manhã, quando ela se senta de camisola no colo dele e ninguém sabe o que acontecerá com eles.

Ela nunca entendeu direto a história com M., o que ele lhe contou foi tão pouco. É possível que ele não tenha dito "horrível", mas não faziam bem um para o outro, de qualquer forma ele a esperou muito tempo, carta após carta esperada e rasgada, de forma que era apenas uma questão de tempo até romperem por exaustão. Uma, duas vezes ela viu uma carta, um envelope escrito, sobre o qual ela refletiu por um momento, tudo há semanas.

Caso ele fique doente de novo, não hesitará em chamar um médico. Ontem, no jantar, de repente ela teve uma ideia, ele parecia cansado e febril, e de fato sua temperatura subira. Desde esse momento medem-na regularmente. Também pela manhã ele tem febre que até o meio-dia sobe e desce, sempre em torno de 37,5.

Como se não bastasse, a sra. Rethmann informa que as coisas eram definitivas agora, até 1º de fevereiro precisam se mudar, e com a casa substituta infelizmente não dera em nada, ela já fora alugada. Muito bem, no fundo eles contavam com isso, Franz faz até um gracejo, desse jeito ao menos eles conhecerão Berlim, mas soa um pouco desanimado, como se num repente fosse indiferente para ele, embora os nomes Merano e Viena não venham à tona.

Um momento de felicidade ainda são os pacotes, quando chega um pedaço de manteiga, coisas para a casa, em geral vindas de Ottla ou da mãe e uma vez, por intervenção de Max, uma remessa da associação de mulheres, como nesses dias são enviadas a estrangeiros passando por dificuldades na Alemanha. Franz desejaria uma barra de chocolate, coisas que em Berlim não devem existir, mas em vez disso há apenas os insossos semolina, arroz, farinha e açúcar, chá e café, de forma que a empolgação fica contida. Era possível assar um bolo e, de fato, ela tem de pronto a ideia de para quem dá-lo: para as crianças no orfanato judeu no qual ela trabalhou no último ano como costureira. Ela é recebida como um anjo. O bolo desaparece num instante, mesmo assim as crianças não querem deixá-la ir embora. Rostos famintos, tristes, com imensos olhos negros. De repente, comecei a cantar, ela conta para Franz à noite. Elas cantaram junto, rezaram, as lágrimas de despedida foram péssimas, como se soubessem que por muito tempo aquela seria a última visita.

Para Franz, tais excursões são impensáveis. Sou um bicho totalmente caseiro, brinca ele. Se ela considerava isso possível em Müritz? Na praia eu precisei agir quase como um esportista. Nadava, corria sem esforço da minha cadeira de praia para a água, então voltava, depois caminhei com você até o cais, passeei ao seu lado no bosque, duas vezes num intervalo de poucos dias, e agora veja no que me transformei. Ele gostaria que ela encontrasse outras pessoas, ela não deve achar que não pode deixá-lo sozinho, por exemplo, quando ele dorme não precisa que ela esteja ao lado. Ouviu? Quando ele pergunta, parece um menino, ela meneia, sacode a cabeça, pensará a respeito.

Ela não quer dormir sem ele nunca mais.

E para economizar, aquecem agora apenas o dormitório. É quase como na Miquelstrasse, é surpreendente como as pessoas conseguem se arranjar com pouco espaço, pois de fato eles têm apenas a cama, a pequena mesa, cadeira e armário, mas além disso apenas a cama, na qual eles até comem, embora encontrem migalhas em todos os cantos por dias.

9

Como ele está no momento não é fácil dizer, além da febre ele tem um remorso por conta de Emmy, que precisava ser detida antes de outras escapadas, para o que infelizmente faltavam a ele forças. Motivo para celebrar ele não tem. Dorme, precisa comer, tem Dora, claro, mas no cômputo geral se sente inválido, o trabalho estagnado, o rabiscar noturno, pois não aconteceu muito mais que isso nas últimas semanas. Tem medo de ficar novamente doente, mas consegue nomear seus temores numa longa carta a Max, na qual ele finge que tudo não passa de ninharias: o chão sob ele precisaria ser sólido, o abismo diante dele aterrado, os abutres em torno de sua cabeça enxotados, a tempestade sobre ele acalmada, sim, então, quando acontecesse, assim ele escreve, então as coisas terão andado um pouco.

Se chega visita, com frequência ele recebe na cama, o casal Kaznelson no início do mês por meia tarde, enquanto no caso da amiga de Dora, Judith, foi há pouco, apenas por meia hora. Para ele isso era, amiúde, demais, então se sente novamente vivo, preferiria mesmo sair da casa para não voltar a perder tudo, por exemplo, a leitura de hoje à noite de *Os irmãos Karamázov*. A srta. Bugsch, de Dresden, e a eloquente Midia Pines fizeram a proposta, desde o início da tarde elas estão lá, e até então não houve um instante de enfado. Principalmente a pequena e obscura Midia enlevou o Doutor, as pessoas conversam sobre os grandes russos, sobre a diferença entre Tolstói e Dostoiévski, a arte da leitura, até mesmo sobre planos para mais tarde, querem ir para a cidade após a leitura, e no final são esses mesmos planos que deixam claro que o melhor para ele é ficar em casa. Ele se superestimou. Todos ficam surpresos, até mesmo consternados, tentam convencê-lo, ele tenta até mesmo levantar, com o que a questão fica por fim decidida.

Da forma que se mostra, parece que ele perdeu algo. Dora voltou muito impressionada e desde então fala apenas dessa Midia. Já passa das sete, o café da manhã está sobre o criado-mudo, e ele a ouve o máximo que consegue, pois às vezes seus pensamentos voam longe, quase como se ele tivesse inveja das pessoas entusiasmadas entre as quais ela esteve, as horas na taverna, nas quais os elogios para Midia não pararam. Uma pena não se poder contar direito, diz Dora, mas seu rosto se ilumina, ela pensou o tempo todo nele, a noite toda, enquanto ele estava aqui na cama, deitado e irritado com uma ligação de Elli, pois pouco depois de todos terem ido embora o telefone tocou, era Elli com suas famosas preocupações.

Uma nova casa eles ainda não têm.

Dora fez um anúncio: senhor mais velho busca dois quartos, de preferência em Steglitz, embora tenham dessa vez adicionado Zehlendorf, a cidade se afastaria ainda para mais longe. Às vezes ele se sente como na prisão. Há semanas ele não vai mais à Faculdade Judaica nem mesmo Emmy ele encontrou, apenas falou com ela brevemente por telefone, o que foi pior do que encontrá-la, pois ela se mostrou fria, falou quase friamente de suas lágrimas, com qual frequência e por quanto tempo chorou por Max, mas agora, da noite para o dia, tudo passou.

Sentado à escrivaninha ele se pergunta o que ainda está fazendo ali e consola-se com o pensamento da nova morada. Não entende muito bem por que, se pela força que falta ou pelo excesso de tranquilidade que não se deixa suplantar assim tão facilmente, que ele preferiria incinerar tudo.

Há pouco teve início o degelo. A neve de janeiro já desaparece por completo, com certeza não fora a última do ano, mas ao menos o sol brilha, para variar. Ele vai ao parque, senta-se no banco no qual a garota o chamou de judeu certa vez, muito rápido fica exausto, como é necessário admitir, por isso também faz uma pausa no banco seguinte e novamente no próximo. Na prefeitura, nas vitrinas, ele descobre nas primeiras páginas a notícia de que Lênin está morto, na verdade há dias. Ele se assusta, como é pouco o conhecimento que eles tomam dos acontecimentos, apenas um lampejo, pois para ele está mais que justificado, talvez nunca tão justificado como agora.

Ele nunca refletiu de verdade sobre dinheiro.

Por conta do anúncio, o telefone toca agora o tempo todo, mas as ofertas soam em sua maioria dúbias ou proibitivas, além disso ele continua febril, tanto que a maioria ele não consegue visitar. Contra todo o juízo, eles se interessam por uma residência para a qual ele precisaria gastar, acredite ou não, três quartos de sua aposentadoria, eles seguem duas estações com o trem urbano e esperam por um desconto, que, obviamente, não é concedido. Apesar disso, a casa é uma graça, muito mais bonita que a atual, dois quartos e uma câmara no térreo de um sobrado em Zehlendorf, totalmente no meio do verde, como ele descreve para a família, com jardim, varanda espaçosa, luz elétrica, calefação central. Estamos loucos, diz Dora. Mas exatamente isso parece agradá-los, ainda mais que o telefone continua tocando sem parar. A última ligação vem depois das dez, uma voz amigável que concorda com tudo e propõe uma visita para a manhã seguinte, uma dra. Busse. Busse? Ele já ouvira o nome. Ele pesquisa na lista telefônica, o marido é escritor e, pelo que ele consegue lembrar, não suporta judeus.

Durante a visita revela-se que a mulher é viúva. Seu marido, o mesmo escritor no qual o Doutor pensou, morrera anos antes de gripe espanhola. Por um momento ela parece irritada que o Doutor não saiba disso, apareceu em todos os jornais, não apenas nos berlinenses. Muito bem. Os dois quartos com estufa são passáveis, ele acha, até mesmo ensolarados, se o sol se dignasse a brilhar, eles estão no primeiro andar, de forma que se poderia ficar sozinho no sentido mais amplo, num entorno ainda mais interiorano que em Steglitz. O preço não é indecentemente alto, mas ainda assim fora do alcance. Heidestrasse 25-26. Da janela há uma vista linda, também podem utilizar o jardim, na iminente primavera, quando o pior já terá passado.

Não ficaram mais de dez semanas em nenhuma casa até agora.

Alguns dias o ânimo oscila entre exaustão e esperança. As duas visitas foram demais, mas mesmo assim ele está bem, não tosse, a temperatura é constante, tudo ao seu redor é muito tranquilo, também no seu interior, onde não há qualquer pensamento certo, nenhuma frase exata, nenhuma ideia para o que quer que seja.

Como despedida, passeiam novamente pelo bairro, como se fosse a última vez, embora possam voltar a qualquer momento. No Jardim Botânico, encontram uma velha raposa, ela está diante de um agrupamento de abetos e olha com paciência para eles, como se os cumprimentasse, sem medo. Assim era Steglitz, diz o Doutor, e Dora diz que gostou muito de Steglitz, foi o período mais feliz de sua vida.

Max ligou e disse que está na cidade para falar com Emmy. À tarde ele faz uma visita rápida, Emmy e ele se atrapalharam de alguma forma, mal conseguem se falar, algo ainda existe e, contudo, está destruído, Franz e Dora, ele pensou, o levam para outros pensamentos. Ninguém tem um conselho. Dora já arrumou a maioria das coisas, mas agora já basta, tem chá e biscoitos e mais tarde uma longa leitura das duas últimas histórias. Dora desejava isso, alegra-se, pois conhece tudo, enquanto Max fica sentado na cadeira até o fim sem qualquer movimento, então permanece por muito tempo calado e diz algo muito belo sobre construções subterrâneas.

10

No dia da mudança, ele fica doente. Queima em febre, mas não reclama; como em dezembro, fica estranhamente alegre, tudo menos surpreso, ainda mais irritado, pois novamente não pode ajudar e fica na cama, deitado, e apenas se surpreende com quantas coisas devem ser transportadas, obviamente seus pertences domésticos aumentaram bastante desde setembro.

O clima não é propício para uma mudança. Chove, além disso sopra um vento forte, mas ela não se queixa, além disso não está sozinha, uma garota de Müritz, Reha, ofereceu-se pronta para ajudar, elas se encontraram recentemente e conversaram sobre os velhos tempos, assim não foi difícil pedir esse favor a ela. O caminho até estação de trem é longo, um quarto de hora a pé, a bagagem é pesada, por isso aqui e ali elas param para tomar fôlego, mas Dora apressa, está preocupada com a febre recente, como ele sorri de forma estranha, como se soubesse coisas que ela nem imagina. Fazem duas viagens até restarem apenas pequenezas no início da tarde. Como fica impossível para Franz sair com esse tempo, decidem que a última viagem será feita de carro, o luxo custa uma pequena fortuna, mas assim eles terminam a mudança. É a última vez, diz Franz, e Dora também acha que essa é a última vez, aqui em Berlim não haverá outra casa.

Novamente as horas passam entre esperança e tremores. Mas sempre é belo cuidar dele, se ele finalmente dorme, pois ele dorme às vezes, e então ela beija sua testa quente, ou apenas fica ali em pé e observa como ele respira leve, o subir e descer do peito. Sair de casa ele não pode nem deve em hipótese alguma.

Eles recebem um convite para um recital com Ludwig Hardt, ele também lerá textos de Franz, por isso gostariam de ir até lá, mas agora não devem nem pensar nisso. Franz declina da noite, escreve uma carta breve, que por sua vez pedem para Reha entregar, pois o hotel de Hardt fica muito longe na cidade, e Dora não queria deixar Franz sozinho por tanto tempo.

Infelizmente, as coisas não dão certo. Claro que a carta não chegou ao seu destinatário, ao menos não há resposta, por isso uma segunda carta precisa ser escrita. Dessa vez, Dora deve entregá-la, e realmente ela vai à noite e ouve o recital. Após o evento, ela se esforça para abrir caminho até ele, pois há uma multidão em torno do homem com perguntas, cumprimentos pela maneira de como ele lê, a história engraçada do macaco que se transforma em gente. Seu nome é Dora, ela diz, e tem uma mensagem para ele. Por descuido ela fala apenas o primeiro nome, infelizmente Franz está doente, comenta, ela gostou muito da noite. Apenas agora ele entende sobre quem é a conversa, lê a carta, sente muito por Franz não estar bem, seria ótimo se ele tivesse vindo, mas infelizmente amanhã cedo ele parte com o primeiro trem.

Franz fica decepcionado, mas não imensamente, ele não ouve nem vê Hardt há anos. Sobre a história, ela não consegue dizer muito. Ela fica triste pelo macaco, diz. Não é terrível que ele precise ser como nós? Ela se pergunta como alguém pode criar essas histórias. Rotpeter, apenas o nome. O que os pais dele acham desse macaco? Eles também ouviram o recital, ouviram dele, mas diferentemente de Berlim, onde o salão ficara cheio até o último assento, eles parecem ter sido quase os únicos espectadores em Praga.

O que Franz mais teme é a visita da mãe. A febre vem e vai, com isso consegue viver, mas o que seria, pelos céus, se a mãe estivesse aqui na casa. Infelizmente, faz tempo que parece haver planos, também um tio gostaria de ver se está tudo bem, enviou uma grande quantia para gastos extraordinários, bem por isso não é mais possível evitar. Franz resmunga, para ele é um pesadelo, pois logo que chegarem a Berlim tentarão levá-lo embora, ao passo que Dora vê também o lado agradável de uma visita, afinal é mãe dele, poderiam finalmente se conhecer e conversar sobre o melhor fazer.

Ouça, diz ela. Alguns dias, sempre assim. À noite, na cama, quando ele dorme, quando ela tem fé em si mesma. Ouça. Não é ruim o que sempre acontece, todas as frases bobas que ela infelizmente consegue apenas sussurrar, porque tudo está decidido, desde o início, ao menos para ela, o que sempre acontecerá com você.

Pouco antes da mudança, ele escreveu para uma tia que vive num lugar chamado Leitmeritz e respondeu apenas agora, por infelicidade com animosidade, pois obviamente pensa que ele e Dora queriam se mudar para sua casa. No entanto, ele apenas pediu para perguntar por ali se na região teria algo para eles, dois, três quartos mobiliados, o mais completo possível, num sobrado.

Pensando bem, não é muito.

Ele fica deitado na cama e folheia seus cadernos, sacode a cabeça sobre o resultado das últimas semanas, que curiosamente é muito fraco. Ela não consegue confortá-lo de verdade. Ele se culpa por ter se esforçado tão pouco, todas as longas horas na cama. Mas você está doente, diz ela. Já em dezembro você estava doente, esqueceu? Contudo, ele fica lá. Desperdiçou metade da sua vida. Por que nunca pensou nisso? Como uma criança, diz ele. Mas crianças vão para o mundo, elas saem da cama, enquanto comigo aconteceu o contrário: em vez de me lançar ao mundo, rastejo sempre para baixo de qualquer cobertor.

Ele enviou para a família o novo número de telefone, sob a condição de que ele não precise usar o aparelho.

Ele está magro, a cada vez que levanta pode-se ver como está fraco. Ela quase desistiu de cozinhar, compra frutas, traz para ele leitelho, sua boca, às vezes um jornal.

Aos poucos, todos ligam para eles, primeiro Elli, então Ottla, a mãe. O telefone fica no andar de baixo, no saguão, de forma que não consegue falar direito, fica com frio, começa a tremer quando fala por muito tempo. Com Elli ainda é mais fácil. Ela não está tão próxima, por isso a situação pode ser atenuada, não é das melhores, a casa nova é um pouco ruidosa, nem tão confortável quanto a anterior. É fria, quase não sai de casa, ela admite, e, sim, Franz está bem, contudo fica na cama, está febril, embora na realidade ele tenha uma febre alta. Para Ottla ela confessa a febre. Franz emagreceu, está fraco, ela está fazendo todo o possível. A resposta de Ottla: Sinto muito, vocês estavam tão felizes. Ela oferece consolo, em dezembro a febre foi novamente embora, apesar disso há preocupação, Berlim não faz bem para ele, sem qualquer acusação, não que Dora seja culpada, pois, ao contrário, ela fora desde o início a felicidade dele.

À noite, quando ela se senta na cama e costura algo ou observa o sono dele, pergunta-se quem ele é. É o que ela vê, um homem queimando em febre com o qual ela vive, que ela beija, que lê para ela, a história engraçada com o macaco, às vezes uma carta, quando ele escreve aos pais e faz como se nada fosse. Ele se virou para a parede, por isso ela não consegue ver seu rosto, contudo ela sabe que há pouco surgiu algo que ela não conhece, uma luz, ela tem a impressão, mas diferente daquela noite de outrora, quando ele a acordou. Desta vez é a doença, pensa ela. Ao mesmo tempo, ela não pensou até então sobre a doença, como se fosse uma amante do passado, algo que pertence a ele e do qual ela não se enciúma. Ela não consegue formular direito os pensamentos, mal pode dizer que teme, apenas observa e se protege de conclusões precipitadas.

11

CLARO QUE EXISTEM COISAS das quais ele sente falta, mas menos doloridas do que ele pensava, os passeios, que com essa quantidade de neve seriam como expedições, o movimento, a luz. Há semanas a cidade fica distante como a lua. Mas, para variar, ele se levanta, pois Rudolf Kayser, da revista literária *Neue Rundschau*, viajou até a nevada Heidestrasse e não acredita no que seus olhos veem. Que as pessoas se assustem ao vê-lo, o Doutor acabou se acostumando. Está deitado no sofá e estende a mão ao visivelmente abalado Kayser, faz uma observação sobre a última noite, que não fora especial de verdade, todos os dias não foram especiais. No entanto, esforça-se, sorri, sente-se realmente bem, falam bem dele. Como sempre, Dora preparou um lanche, ele admite que sem Dora não poderia sobreviver em Berlim, sim, quase faz uma declaração de amor a ela diante do estranho que para o Doutor é como o mensageiro de uma vida perdida. Vez e outra eles se animam, falam de livros, teatro, conhecidos, mas assim, como se tudo já estivesse acabado, o que com o tempo não agrada o Doutor. Ele já está obsoleto? Dora conta sobre as últimas semanas enquanto anda para lá e para cá, comenta o episódio dos tocos de vela. Sobre o trabalho, assim ele acredita, não precisam falar nas atuais circunstâncias, mas não, Kayser pergunta em seguida, o Doutor esquiva-se, não vale a pena falar, o que torna as coisas ainda piores, pois agora Kayser começa a elogiá-lo, fala de alguns textos que foram publicados, é surpreendente como está bem informado, menciona ao sair o trecho de *O foguista* no qual o jovem Rossmann avista a Estátua da Liberdade, e despede-se com os melhores cumprimentos.

Como sempre, após uma visita longa, ele fica por dias na cama, o que não significa que não levante pela manhã para se barbear, no banheiro diante do espelho, onde ele examina seu rosto por um momento. Nesse momento ele quase parece uma criança, não se pode dizer com segurança que ele está doente, mas o que chama a atenção é mesmo essa expressão, como se tivesse levado meia vida para parecer um jovenzinho inibido e, mal chegou a esse estágio, regride até se transformar em criança.

O que Dora pensa ele não sabe. Ela não diz o que vê nele, provavelmente, pois é óbvio demais, pois ela acha que não pode aborrecê-lo, como se aquilo que não foi dito não se realizasse. Por exemplo, seus ternos não lhe servem mais, tudo fica apenas pendurado de alguma forma nele, até mesmo suas roupas de baixo estão largas. Os sapatos de sair ainda poderiam servir. Mas quando foi a última vez que ele precisou de sapatos para sair? Até mesmo sua cabeça parece murcha; ele sabe que as orelhas crescerão até a velhice. Mas ele não envelhecerá. Isso ele pensa desde que consegue pensar. Morrerá jovem, quase num estado como agora, sem a menor sabedoria.

Não é a primeira vez que ele se pergunta o que perdurará. Escreveu três romances malfeitos, uma dúzia de contos, além das cartas eternas, em sua maioria para mulheres que não estavam ao seu lado, cartas e cada vez mais cartas nas quais descrevia apenas o motivo pelo qual ele não ficava nem vivia com elas.

Ele se sente fraco, debilitado e, ao mesmo tempo, decidido. Já considerou pedir a Dora que destrua um ou outro, os rabiscos dos meses passados, tudo menos os dois últimos contos. Talvez ele não tenha ainda escrito as verdadeiras histórias, talvez tudo ainda esteja por vir quando o pavoroso inverno passar, quando ele recuperar as forças, seja onde for.

De qualquer forma, o clima está estável. Pode sentar-se ao sol na varanda e se deixar mimar por Dora, que cuida para que ele fique enrolado em seu cobertor. Ela traz para ele a correspondência, algo para comer, um copo de leite ou suco, e então olha para ele com afeto, quase relaxada, até a tarde, por volta das quatro, quando ela vem com a carta do tio, na qual ele avisa sobre sua visita. O que é? pergunta ela, e ele, como percebe logo que é o fim: Eles mandaram o tio. Ainda à noite ele se queixa com os pais, mostra-se surpreso embora esteja furioso e tente se defender; as preocupações são infundadas, para o tio Zehlendorf será totalmente desinteressante, uma viagem dessas não vale a pena.

No dia seguinte ele está lá. Se na mudança o número de telefone dele não tivesse sido perdido, talvez pudessem impedir a viagem no último minuto, mas assim as coisas tomam seu rumo. No início da tarde toca a campainha, e nem cinco minutos depois está dada a sentença do tio. O Doutor precisa com urgência de um tratamento, Berlim é um veneno, precisa com o máximo de urgência ir para outro lugar, para Davos, nas montanhas, qualquer lugar menos Berlim, pelo amor dos céus. Dora pediu para ele se sentar, mas o tio não se deixou dissuadir por seus bons conselhos, inspeciona como que de passagem a casa que acaba de atravessar, mesmo que diga mais tarde que ela é bem confortável, algo desprovida, contudo não tão péssima quanto os pais dele temiam.

Depois disso, a questão do sanatório não volta mais à baila. O tio fica contrariado com os preços, mas enche a cidade de elogios, por diversas vezes faz longos passeios, da grandiosa Potsdamer Platz, passando pela Leipzigerstrasse até a Alexanderplatz, no Café Josty escuta a conversa de dois antissemitas, cuja ignorância se vê estampada na cara. Essa é a primeira impressão. Ele imaginou piores as condições, a verdade é que gosta de Berlim, também da Heidestrasse, onde tenta convencer Dora diversas vezes a acompanhá-lo ao teatro, uma jovem como ela precisa estar entre as pessoas. Ele pergunta sobre a família dela, como chegou a Berlim, como era antes de Franz. Certa vez, quando ela sai por um momento, ele dá tapinhas aprovadores no ombro do Doutor, sua garota é mesmo adorável, tão solícita, tão valente, tão modesta.

O tio pernoita numa pensão com café da manhã próxima ao Wannsee, por isso não aparece antes das onze, após o lanche da manhã. No terceiro e último dia o ânimo está melhor que nunca, escrevem uma carta conjunta para a mãe, o balanço do tio não parece tão péssimo, Franz está muito bem servido em Zehlendorf. Mas permanece uma suspeita em torno da viagem. À noite, Dora acompanha o tio para uma leitura de Karl Kraus, que o Doutor não aprecia sobremaneira, mas que seja, Dora está encantada, ela se divertiu à beça, mesmo depois, até depois da meia-noite num restaurante vazio, onde ela recapitulou as alternativas com o tio.

Na despedida, o tio diz: Você sabe que não pode ficar aqui. Percebi que você não deseja ir, mas infelizmente não pode ser de outro modo. Olhe para você, diz ele, olhe para Dora, ela não pensa diferente de mim. No mais, não é um bom momento, o tio parece triste, enquanto Dora apenas meneia a cabeça, frustrada, exausta, também aliviada, como lhe parece, como se tivesse acabado de descobrir qual fardo carrega com ele.

O Doutor prometeu no último momento. Deixará Berlim, de coração pesado, com um ínfimo resto de esperança. Talvez precisem mesmo esperar. Precisamos ter paciência, diz Dora, eu tenho toda a paciência do mundo para enumerar de pronto por que não é possível, por que para ela tanto faz ir a qualquer lugar. Mais cedo ela fala com Judith ao telefone. Sempre que telefona para Judith suas forças se renovam, diz ela, tanto faz o lugar.

Judith também acha isso, manda seus melhores cumprimentos ao Doutor.

Robert escreveu e mandou uma barra de chocolate. Ele precisa responder logo e agradecer, mas nesse estado de oscilação não é possível pensar numa resposta. Por volta do meio-dia cai alguma neve, mais tarde o sol aparece, ele arrisca sair na varanda, não por muito tempo, mais perplexo que impressionado, com um sentimento crescente de inutilidade.

Na manhã seguinte, ele cuida dos documentos. Fica na cama, um pouco animado, e então pede para ela, diz a ela exatamente o que deve trazer, tudo o que ela encontrar, os cadernos, as cartas, folhas soltas. O confortável é que ela simplesmente o faz. Parece surpresa, pois o pedido vem inesperadamente, mas ela faz. Ele pode ouvir como ela busca, o roçar do papel, uma gaveta que abre e fecha no espaço de poucos minutos. As duas histórias, ele as tem consigo na cama, já as revisou uma vez, mas todo o resto pode ir embora. É coisa sem valor, diz ele, volta e meia é preciso deixar um peso morto para trás. Todo esse acúmulo é mais do que o esperado, surpreende-se como a tarefa toma tempo. Dora ajoelhou-se diante do forno incandescente, joga lá dentro folha por folha, precisa esperar apenas um pouco para que o fogo não se extinga, enquanto ele observa as costas curvadas, os pés descalços, as solas. Apenas quando ela termina quer saber por quê. É bom também, digo, para você? E ele diz sim, eu acho, aliviado, algo como purificado, mesmo que ele não tenha a maioria dos seus escritos ali, pois os antigos diários estão com M. e o restante está no seu quarto, na casa dos pais.

À noite eles conversaram sobre o que será de Dora quando ele for para o sanatório. Ela permanecerá próxima dele, encontrará para si um quarto, o visitará numa região arborizada, na qual se pode passear e aproveitar num banco o sol primaveril. Ela diz que chega a quase se alegrar, o tio era muito a favor de Davos, mas para ela não importa, não deixará de se alegrar por todos os dias. Agora, na manhã durante o café, ele poderia contar que está pensando numa nova história, não muito precisa, ontem, quando há tempos ela dormia, uma espécie de balanço, novamente algo com animais, sobre música, o canto, como tudo se relaciona. Talvez ela veja mesmo como um bom sinal, pensa ele, e de fato ela fica deveras feliz por ter planos, a vida continua, se possível até mesmo em Praga, para dizer o nome desafortunado para variar, pois se necessário ele iria com Dora inclusive para Praga.

12

É QUASE CERTO QUE ELES deixarão Berlim e, ainda assim, há outros belos momentos, às tardes, quando ela se esgueira junto dele na cama, quando ele come algo, seu olhar, sua gratidão, embora coubesse a ela estar grata, as mãos, os pés dele, claro, que sempre vão na direção dela, em Müritz as primeiras tardes. Apenas porque Franz e ela talvez precisem ir embora, ela não gostaria de desprezar as tardes, pois são os dias com ele, a vida conjunta. Ela não gosta de sair de casa e tenta fazer as compras nas cercanias, mas não há muita coisa por perto, ela precisa andar muito, a cada vez teme sabe-se lá o que, após uma hora, quando ela volta e o ouve, o tom da sua voz, na qual ela reconhece o que é.

Há dias ele tosse mais forte do que jamais tossiu. Em princípio, ela ainda não conhecia sua tosse, mas agora já sabe, são verdadeiros ataques que às vezes duram horas, tanto pela manhã como à noite. Franz sempre manda que ela se afaste, pois ele utiliza a escarradeira, não quer que ela veja o que ele faz, e o recipiente parece estar sempre cheio. Uma vez ela perguntou sobre isso e também viu algo, quando ele ficou quase nervoso. A temperatura se mantém em 38 graus, mas disso ele não tem medo, diz ele, fica na varanda no sol e teme apenas o sanatório.

Eles ainda se imaginam em Davos. Franz perguntou se viajarão juntos por Praga. Um sanatório em Wienerwald entra em questão temporariamente, a família faz todos os esforços para encontrar algo adequado para ele. Franz, como sempre, preocupa-se com os preços, mas ela não quer saber disso. Você acha que não merece? Para mim, você merece tudo. No dia seguinte, quando ela acorda, pensa por muito tempo o que vestir para ele, fica no banheiro, passa um pouco de ruge, apenas um pouco para que ele não perceba.

    Franz perguntou a Dora o que ela deseja ganhar de aniversário. Ele mal consegue falar em meio a uma tosse que dura minutos, mesmo ao caminhar, pois quando piora muito ele se levanta e tentar andar, devagar, em passos pequenos, enquanto a tosse o sacode. Ele abana a mão, agora não, isso é tão ridículo, ele dá a entender, tenta sorrir, embora o que surja seja mais uma careta.

    Ele tossiu quase a noite toda, por isso no aniversário dela eles ficam mais que exaustos. Mesmo assim ela traja o vestido verde, pois ele sempre diz que ele simboliza Müritz. Ele diz como ela fica encantadora, que pensa na mãe dela, pois sem sua mãe ele não a teria. Por amor a ela, ele tenta comer, gostaria que ela comprasse flores para si, e de fato ela sai por volta do meio-dia e compra um ramalhete de narcisos amarelos. Quando ela volta, ele está muito abatido. Dorme, ela se senta na cama, sente a testa quente de Franz, ele começa a falar coisas sem sentido, mas não parece agonizar, logo desperta e sorri, desaparecendo novamente.

    Eles precisam com urgência de um médico. Em Breslau, há anos, calhou de ela conhecer um, ele chegou como ela a Berlim e trabalha no Hospital Judaico. Dr. Nelken. Primeiro ela não o encontra, pede para que ele ligue de volta. Após duas horas, quando a ligação não acontece, ela tenta novamente, dessa vez com sucesso, sim, Breslau, ele promete se apressar.

    Franz parece péssimo. Ele levantou e se vestiu, recebe o médico de terno, descreve seu caso, deixa-se examinar. Não se pode fazer muito. O médico é um homem pequeno e magrelo e diz o que eles já sabem. Precisam ir embora dali. Foi o que pensei, diz Franz. Agora ele está muito longe dela, fica lá, recostado ao parapeito da janela, com aquele sorriso, como se quisesse dizer ao dr. Nelken que infelizmente sua visita foi pura perda de tempo.

Como o dr. Nelken se recusou a aceitar seus honorários, Franz envia-lhe dias depois um livro sobre Rembrandt. Ela leva o volume até o correio, fica por muito tempo na fila, pensativa e aflita. Franz não a repreendeu diretamente por ter chamado um médico há pouco, mas ela percebeu muito bem que ele não gostou nem um pouco. Decerto também não gostou que ela tenha explicado o caso a Elli, ela fica lá embaixo no vestíbulo e diz apenas o já sabido, fica sabendo das novidades quanto à busca do sanatório: já se vasculhou em todas as direções, mas infelizmente não encontraram solução.

Devem realmente ir juntos a Praga? Para Franz parece tão bom quanto se manter firme por alguns dias antes de seguir para Davos, como os planos continuam. Ele não dá um passo sem ela, diz ele, por mais estranho que possa ser também aos seus pais, por mais que ele tivesse sido contra a ideia semanas atrás. Conversam muito sobre a cidade, o que ele gostaria de mostrar a ela se estiver em condições. Ele está de bom humor, sua editora enviou-lhe o contrato para o novo livro, há dinheiro antes mesmo de o livro existir, uma quantia inacreditável, ele afirma, e por algumas horas essa é sua felicidade.

Sobre Praga ela não tem certeza.

Judith vai pela primeira vez à Heidestrasse, traz bombons pelo aniversário e tenta animar os dois. Franz está deitado na varanda e reclama que sabem muito pouco um do outro, não utilizaram bem o tempo, pois agora estão quase de partida, espalha a todos os ventos. Judith, contudo, não viaja em maio, mas já no fim do mês. Franz dá a ela o endereço dos Bergmann, para o caso de ela precisar de ajuda ou querer conversar no velho idioma. Ele espera que ela escreva para eles, como tantos outros ele sonhava apenas com a Palestina, e a senhora realmente viajará para lá, por favor, não se esqueça de nós. Ele soa triste e desiludido, então volta a fazer troça, ao menos será em breve um homem rico, bastante conhecido, se ele não estiver enganado, ao menos tão famoso quanto Brenner.

O dinheiro da editora ainda não chegou, mas ele já começa a gastar. Escreve a Elli que deseja quitar suas dívidas com a família, fala de um grande presente para a mãe, ele precisa de algo para a senhorita e para Dora. Em Praga, sairão para fazer compras juntos, ele promete, uma nova bolsa de mão, uma bela caneta-tinteiro para escrever, o que ela desejar.

Ela gostaria de nunca mais precisar escrever para ele.

Por enquanto, ela não viaja para Praga. Conversaram sobre isso, não haveria um lugar adequado na casa dos pais, ela precisaria ir para um hotel, não há previsão de quando ele conseguirá uma vaga num sanatório; assim que surgir, Dora o seguirá. Ela nunca o vira tão deprimido quanto hoje. A cada dia ficava mais pesado para ele, a despedida de Berlim, a separação iminente, o fim da liberdade. O que será de mim sem você? Você pode me dizer? Franz ficou muito tempo sem dizer o que ela é para ele, embora não seja mesmo verdade. Estão no sofá, sentados, ela pensa: somente mais essa vez, sua cabeça está recostada no ombro dele, ah, seu bobo, seu bobo.

No dia seguinte, eles aguardam Max. Trocaram telefonemas, há um pequeno vaivém por conta da data, mas ele se diz pronto para buscar Franz. As coisas ainda estão no lugar onde foram deixadas, sobre o sofá um livro aberto, os materiais de costura dela, o casaco dele no espaldar, roupas de baixo e vestes nos armários, seus cadernos. É noite, lá fora ainda está claro, sente-se que o inverno bate em retirada, eles sonham com a primavera, com todas as viagens que provavelmente nunca se realizarão, nem mesmo nos bons tempos, se aqueles não forem exatamente bons tempos, e sem dúvida são.

Três | **partir**

1

Max anunciou sua chegada para o fim da tarde, por isso ele ainda consegue trabalhar. Ele não está bem, apesar disso trabalha há alguns dias sem cessar, a história sobre o cantar ou, na verdade, o guinchar, pois ele escreve uma história sobre camundongos. É quase um retorno da felicidade, aqui com Dora neste quarto, que fica sentada no sofá e o deixa, talvez pela última vez, pois por um momento tudo tem esse aspecto, como se fosse a última vez. Dora disse que o nome lhe agrada. Josefine. É você? Uma camundonga cantora? Pois isso ela entendeu nesse meio-tempo, escreve-se sobre animais e nada menos que sobre animais, pois são apenas um exemplo, bem como o Eu é apenas um exemplo, pois desta vez ele escreve em certo sentido sobre si. Não é sobre a cantora. A ele interessa o olhar da multidão, o público que se dedica à suas artes e ainda assim sabe em todos os momentos que elas não têm grande significado, também após sua morte, pois um dia a cantoria de Josefine se cala. Ele gostaria de terminar antes da partida para Davos. Ele quase não pensa no que será, pois até agora Davos é apenas um nome, e basta para ele temer a necessidade de ir para Praga. Dora adoraria acompanhá-lo, ela inveja Max, fica um pouco chateada com ele, mas são apenas alguns dias. Além disso, alguém precisa cuidar da casa, Dora tem obrigações no Lar Popular, enquanto para Max é uma viagem normal.

Não conversam tanto mais à noite. Max está cansado da viagem, logo precisa ir, pois tem um compromisso, não com Emmy, de quem ele nada sabe há semanas. Traz duas malas grandes, há cumprimentos, a apreensão habitual, talvez um pouco maior, sim, Max parece quase consternado, cheio de tristeza por Dora, pois está tão próximo o fim. Sinto muito por vocês. Ao que Dora irrompe em lágrimas, diante de um Max visivelmente envergonhado que, como de costume, sofre pelo remorso, e nos próximos dois dias mal conseguem se olhar. Dora começou a fazer as malas, enquanto o Doutor escreve aos pais para tranquilizá-los, agradece o pacote enviado, os novos e belíssimos coletes, a manteiga. A senhorita se diz pronta para transferir a ele o quarto, por isso ele precisa agradecer, e, não, o empregado do tio não precisa buscá-lo na segunda-feira à noite na estação de trem, por favor, também Robert pode ficar em Praga, claro que eles deixaram loucas todas as pessoas possíveis em casa. Dora pergunta a ele, de poucos em poucos minutos, o que deve ser feito com estas ou aquelas coisas, ela faz três malas ao mesmo tempo, bota numa mala e logo retira roupas de baixo, papéis, antes os ternos que ele envergou nos primeiros tempos berlinenses, as luvas, o saco para os pés. Por fim ele diz que ela deve descansar. Aqui, diz ele, como se ela não soubesse onde ele está, ela se vira para ele, com aquele olhar que ele tanto ama e que quase lhe estilhaça o coração.

Passa a noite de sábado, a manhã de domingo. A escrita é árdua, mas ele consegue terminar duas páginas. As últimas refeições acontecem, os últimos carinhos, embora ambos finjam que a vida seguirá igual para eles. Dora vai até mesmo para o Lar Popular, onde novas crianças chegaram, apressa-se para voltar, voa para os braços dele, ainda de casaco, quase como na época de Müritz. Mais tarde chega Max. Eles conversam sobre Davos, de passagem sobre a história que ele deve ler a eles o quanto antes, o que levanta a pergunta: onde e quando. Todos contam ainda com a certeza de Davos, para onde o tio, após as mais novas deliberações, o acompanhará, e assim eles combinam em Davos, agora, na primavera incipiente, que nas montanhas é mais bela. É o que diz Max, o único a conhecer Davos, e Dora diz, ah, a primavera, se ela por fim chegasse, pois lá fora está ensolarado, mas há muito vento e frio.

A despedida é difícil e intrincada, parece não ter fim, de manhã no café, no carro até a estação e então, novamente, até a partida do trem. Dora está pálida de cansaço, pois mal conseguiram dormir, não pela metade da noite na qual ela ficou nos braços dele, a maior parte do tempo calada, de forma que logo ele achou que ela dormia, mas não dormia, tinha todas as preocupações com a viagem, disse pela centésima vez que são apenas alguns dias, como está feliz com ele, desde o primeiro momento ela foi feliz, a cada minuto. Ainda na plataforma da estação Anhalter ela repete, corre para longe dele e volta com um jornal e duas garrafas d'água, muito agitada, pois esqueceu o mais importante, como eu pude esquecer de lhe dizer o mais importante de tudo. Mas agora é tarde demais, Max e ele precisam entrar no compartimento, a campainha do trem já tocou duas vezes, e então ela fica na plataforma e acena até não vê-lo mais.

Na primeira hora, ele fica mais ou menos anestesiado, ouve como se por trás de um véu a voz de Max, que diz uma, duas frases sobre Dora, sem consolo, sem mentiras, sobre uma possível melhora de seu estado, mas sobre a felicidade que ele testemunhou, não apenas antes na estação, quando ela estava totalmente curvada de preocupação. Pouco antes de Dresden, finalmente, ele adormece, não muito profundamente, tudo é superficial e vazio nos curtos períodos em que ele fica acordado e encontra o olhar de Max, que, preocupado, toca a testa do amigo para medir a temperatura e promete todo o apoio possível, pouco antes de a odiada Praga surgir por trás da última curva.

Todos estão reunidos quando Max o leva, Ottla, Elli, Valli, os pais, a senhorita e o tio. Principalmente por parte do pai ele diz sentir que decepção ele é para a família, estão preocupados e ao mesmo tempo concordam que Berlim custou apenas tempo e dinheiro, e agora pode-se até ver o que acarretou. Por sorte, Max está com ele, pois desde sempre Max exerce um efeito tranquilizador sobre os pais, falam praticamente apenas com ele, perguntam sobre a viagem, se ficará para comer com eles, o que ele declina com dificuldade. Max gostaria de finalmente partir, está tarde, diz ele, Franz precisa ir logo para a cama, e apenas então, quando acordam de um entorpecimento, começam a cuidar dele, o tio carrega a bagagem para o novo quarto, a senhorita desculpa-se pelo desconforto existente, enquanto Ottla acaricia a mão dele para acalmá-lo e pergunta sobre Dora.

Nunca teria pensado que precisaria voltar a Praga. Sempre temeu, mas não sob essas circunstâncias. Está feliz apenas porque Dora não pode vê-lo naquele estado, no quarto tão pequeno da senhorita, onde ele se senta numa mesinha estreita e escreve para ela, naquele silêncio, pois tudo está estranhamente silencioso, de alguma forma abafado, como se toda a família apenas esperasse que ele seguisse logo para Davos.

Infelizmente, não continua assim por mais de algumas horas. No início da tarde, antes de deitar de novo, na maior parte do tempo ele fica esgotado, a febre suga suas melhores forças, as visitas diárias de Max, que o revigoram e ao mesmo tempo o exaurem, as conversas sobre Emmy, que deixou Max, a situação de seu casamento. Ele escreve ao diretor de Davos e ao tio, que o acompanhará, que por infelicidade é impossível chegar ao instituto, pois por conta da febre ele não consegue sair da cama. Para Dora ele escreve: ele sai da cama sim, embora seja apenas por algumas horas, como você já conhece dos tempos de Berlim. Para um observador furtivo, podia parecer que essa seria a mesma vida berlinense, mas numa observação mais apurada, sem você é totalmente o contrário. Berlim era o paraíso, escreve ele. Como, pelos céus, eu pude deixar que me arrancassem daí? Dora também escreveu um cartão postal rápido no banco da estação de trem, ao qual até a noite mais dois seguiram, curiosamente contidos e ao mesmo tempo não, pois nas entrelinhas era como se ela falasse e rezasse.

No dia seguinte ele escreve as últimas linhas, como se há muito estivessem definidas, como algo que se ouve em algum lugar e então aos poucos se observa, como uma melodia na rua, quando alguém assovia e, incondicionalmente, se concede a todos os passantes o direito de assoviá-la também no caminho para casa. A história é uma de suas mais longas. Ele compreende muito bem que ela é algo como a última palavra sobre si e seu trabalho, sua tentativa de resto fracassada de ser escritor, a vaidade da arte que coincide com a vaidade da vida. À noite, ele perde a voz. Na verdade está apenas rouco, mas talvez seja mais, ele começa a guinchar como Josefine, o que para ele parece bem adequado. No jantar, seu estado chama a atenção, a mãe pergunta o que ele tem, mas ele não tem nada, e de fato, na manhã seguinte, parece que a voz está novamente em ordem.

2

Desde que ele se foi, Dora passa a maior parte do tempo no Lar Popular; cuida das novas crianças, põe mesas e bancos na sala de jantar com Paul e volta para a Heidestrasse o mais tarde possível. Paul acha que ela mudou. Está mais velha, mais calma, lhe parece, e isso apesar de ter se passado apenas meio ano desde Müritz. Em uma das primeiras noites num restaurante, ela contou por um bom tempo sobre Davos, como ela se preocupa, como sente falta dele. Paul não sabia que ela iria para Davos. Ela ainda não pesquisou onde essa tal Davos fica exatamente, confessa que tem medo, pois Franz parecia acabado na partida. Muito ela não fala para Paul. Como no início esperou que Franz tivesse esquecido algo, como vasculhou tudo, de novo e novamente em cada quarto. Será que ela deve confessar que beija as cartas do Doutor? De manhã, após a terrível despedida, ela correu imediatamente para a caixa de correio, pois talvez ele já tivesse escrito algo no trem, mas não foi o caso. Tudo estava péssimo, quando ela acordava, quando punha a mesa do café da manhã para si e para ele, dois pratos, faca, garfo, quando não mais sabia como a voz dele soava, mas então se lembrava, vagamente seu sorriso, quando ela se esforçava. No verão, após a partida dele, ela sabia por semanas os mínimos detalhes dele, mas desta vez está totalmente confusa, esquece a carteira, assusta-se quando no vestíbulo o telefone toca, corre até a caixa do correio nos momentos mais improváveis.

A primeira carta ainda é bastante longa. Ele escreve sobre a viagem, as horas sonolentas, sobre a recepção na casa dos pais, que ele primeiro elogia para então queixar-se de que há pouco a se dizer. Ela pode ver a boa Ottla, Elli e a mãe, que, ela espera, respeitam a necessidade de descanso dele. Diariamente vem Max, uma vez Robert, que manda cumprimentos a Dora. A história dele está quase no final, mas a febre não vai embora, a voz de uma rouquidão tabagista com a qual ela precisará se acostumar. Ele escreve que sonha com ela quase todas as noites, mesmo que pela manhã muito do sonho ele apenas suponha. Mas ela está lá, protege seu sono quando ele consegue dormir, pois com frequência fica acordado até de manhã. Também é primavera, em Praga não menos que em Berlim. A mãe lê para ele todas as manhãs as notícias sobre Berlim, Ottla também manda lembranças, com muito afeto. Logo ele escreverá. Espero que não se assuste comigo. Não quer perguntar à sra. Busse se você pode guardar algumas coisas se não encontrar outra opção?

Até então, ela não pensou muito na sra. Busse. No início não lhe deu atenção especial, mas agora a sra. Busse se mostra muito amigável e simpática. Ainda no dia anterior ela chega junto à porta e pergunta por Franz. O apartamento está pago até o fim de março, mas, no que depender da sra. Busse, Dora não tem com o que se preocupar, nem mesmo com suas coisas, pois há um porão, a casa é grande e está vazia, infelizmente ela ainda não se acostumou com isso. Dora pediu para que ela entrasse um pouco, sentam-se para uma xícara de chá e conversam sobre os homens que não estão lá, a terrível gripe espanhola que custou a vida de milhões de pessoas, naquela época, nas últimas semanas da guerra e no inverno que seguiu. No quinto dia pela manhã, às oito, ele morreu, diz a senhora Busse, e Dora comenta que Franz também teve a gripe e não tinha certeza se sobreviveria a ela. De alguma forma elas chegaram à escrita, pois é outro ponto em comum de seus homens, mesmo que Dora nunca tivesse lido uma linha de Busse, e a sra. Busse, nenhuma linha de Franz. Certa vez, a sra. Busse a chamou de pobrezinha, então novamente ela quer saber por que ela e Franz não se casaram; contanto que vivam juntos, seria quase indiferente, mas como viúva se pensa de outra maneira. Ou eles repudiam o casamento? Meu marido era muito rígido nessas questões, por sorte ele não sabe em que tempos entramos. A senhora tem algo bem judeu, diz ela, ah, claro, o nariz, ela pensa, pois Dora é tão bonita, em geral as judias são mesmo muito bonitas.

Ela se encontra com Judith, que chama a sra. Busse de antissemita e acha que não se deve deixar ajudar por uma antissemita. Mas, infelizmente, essa não é mais a questão, pois Franz escreveu que Davos não acontecerá, não lhe deram visto de entrada, todos os planos fracassaram. Ele não foi informado dos motivos exatos, mesmo assim não poderá sair de Praga por enquanto, a busca por um sanatório volta à estaca zero, eles não se verão tão cedo. Dora diz que a espera a deixa louca, mesmo que ele esteja apenas há uma semana longe, e no outono foram mais de seis semanas. Judith fala o tempo todo do médico que, claro, quer seduzi-la ou há muito já seduziu, ela não quer comentar com tanta exatidão. Ela já se vê como camponesa, com uma pá no deserto, junto com esse Fritz. Ela faz uma piada sobre os nomes, o F e o R, vê-se que as duas letras trazem sorte, embora a viagem para a Palestina não esteja certa, não é tão fácil conseguir a permissão, e Fritz, infelizmente, também é casado. É preciso esperar, diz Judith, soando muito pensativa, talvez eu viva mesmo uma vida errada, diferente de você, mesmo que você se preocupe muito, e também por isso eu a invejo.

As noites são mais difíceis. Quando ela escreve para ele e sente que não se aproxima do Doutor, que ela não está lá onde deveria estar, que ela não pode confortá-lo. Certa vez, ele escreveu sobre um sonho. Saqueadores o sequestravam da casa na Heidestrasse e o prendiam num quintal, num pequeno depósito de ferramentas, e, como se não fosse ruim o bastante, o amarravam e amordaçavam, deixavam-no sozinho num canto escuro desse depósito, de forma que ele já acreditava estar perdido, mas talvez não, pois de repente ele ouve a voz dela, bem perto sua voz maravilhosa. Ele tenta soltar-se rapidamente, consegue arrancar até mesmo a mordaça, mas bem nesse momento ele é descoberto pelos ladrões, e eles o amordaçam novamente. Não é um sonho decepcionante, ainda mais por ser tão real. Ele gostaria de sonhar algo diferente com ela. Em certo sentido, não para de sonhar com ela, às tardes na cama, às noites com os pais, quando ele passeia, pois no dia anterior ele fora até metade do caminho para Hradčany, sozinho e ainda assim acompanhado, pois o tempo todo ele mostra algo para ela, apenas em pensamentos, como se ela estivesse aqui em Praga por algumas horas a caminhar com ele pelas ruas conhecidas.

Assim ela se agarra de carta em carta. Espera pela manhã a carta da noite e encontra na volta a carta da manhã. Não raro ela lê em pé, ainda de casaco para não perder tempo algum, no caminho para a estação, porque muito lhe escapa e no fim há duas cartas, uma primeira, que soa como música, e uma segunda, que é feita de palavras. Um novo sanatório ainda não está em vista, e então novamente surge um, próximo de Viena, a uma hora de distância, segundo informações do tio com uma fama tão primorosa quanto a de Davos. A questão está praticamente decidida, seu passaporte está com a agência, Dora também deve providenciar um visto para ela, embora ele apenas insinue sua esperança de que ela esteja logo ao lado dele. Sim, Viena parece bom, responde ela, como se Viena desde sempre tivesse sido seu sonho. Mesmo que eles provavelmente não vejam a cidade, e uma permissão também possa ser negada pelas autoridades austríacas. O que devo dizer, ela escreve, pois o motivo para a alegria é apenas parcial. O que sempre a alegrou estava nas três casas, por isso ela enumera tudo a ele, a noite de Ano-Novo na cama, a menina com a boneca, meu Deus, as mudanças, sim, os quartos, as mesas nas quais ele escreveu. Num vão do sofá ela encontrou um lápis, com certeza perdido por ele, com esse lápis ela lhe escreve. Sua escrita mudou, ela tem a impressão de que a dela fica cada vez mais parecida com a dele, todo o impulso, o desperdiçado, e nesses pensamentos as coisas ficam quase leves, como se fosse uma prova da ligação deles, da prontidão dela.

Em partes ela aguarda, em partes se prepara. Apresentou um pedido de visto de entrada para a Áustria, começou a embalar as coisas, os objetos de verão, a maioria dos livros, tudo o que ela acreditava não mais precisar. Provavelmente ficará alguns dias com Judith, março está quase no fim, mas talvez as coisas progridam mais rápido do que ela pensou. Começa a se despedir, encontra-se com Paul, diz ao pessoal do Lar Popular que não sabe se e quando voltará. Paul ofereceu a ela seu porão como abrigo, ela pode morar com ele a qualquer momento, o que ela declina com polidez. Mesmo se Franz ficar razoavelmente saudável, não é certo que ela volte para Berlim. Mesmo que ele tenha tanta força como no outono, precisam pensar se não seria melhor ficar em Praga, próximo da família dele, ou mudar para o interior, para Schelesen ou seja lá como se chamam todos os lugares nos quais ele já esteve.

3

O TIO SOLICITOU FOLHETOS do novo sanatório. Fica na parte de cima do vilarejo de Ortmann, numa paisagem montanhosa, construído ao longo da encosta, por fora um hotel bem cuidado, mas bastante moderno por dentro, com uma grande sala de jantar, salão, quarto de música. Apenas há poucos anos as instalações pegaram fogo, menos os muros da fundação, por isso não se sabe se as fotografias da aparência atual reproduzem o que o tio afirma por motivos inexplicáveis, ele lança muitos louvores à casa e parece um pouco irritado, pois o Doutor não se alegra com as novas perspectivas. Pela manhã, ele redige uma procuração para que a mãe busque o passaporte, mas não se deve contar com uma notificação antes do fim da semana, o que para a mãe se torna motivo de grande preocupação; ela fica feliz, pois ele está lá, mas há pouco espaço, tudo está bagunçado. Além disso, chegam visitas nos horários mais impossíveis, Max quase diariamente, às vezes Ottla com as crianças, que, aborrecidas, correm pela sala aos berros; Robert aparece às vezes, Elli com Valli e novamente Ottla.

Com Ottla, como sempre, é mais tranquilo. Eles encontram de pronto o tom familiar, sonham juntos com o interior, naquela época em Zürau, quando Ottla tentou ser fazendeira e ele viveu alguns meses com ela. Sabe dos camundongos? Os camundongos eu enxotei com o gato, mas com o que eu poderia enxotar o gato? Ottla e os seus praticamente passaram fome naquela época, no quarto ano da guerra, mas ela se lembra sempre e com prazer desse tempo e diz que gostaria de voltar lá, se você estiver melhor, em maio, quando deixar para trás o sanatório, junto com Dora, se estiver bem quente. Não me deixe preocupada, diz ela. Mesmo assim, ela parece se preocupar consigo mesma, o casamento com Josef é difícil, ele está muito longe, se afasta, também de Vera e Helene, que quase reclamam disso. Quando ela o visita, deita-se um pouco com ele na cama, com olhos fechados, pois supostamente consegue pensar melhor assim, e em algum momento ela se levanta com um solavanco e sai, não sem antes beijá-lo para se despedir.

Se Max vem, ele o ouve na antessala falando com os pais. Há anos Max é tratado como um membro da família, com todo o respeito, pois ele é um homem famoso, casado e que levava uma vida como o pai gosta. Ao menos ele tem sucesso, viaja, aparece em eventos públicos, consegue publicar algo, meia dúzia de títulos em qualquer grande livraria, o que não se pode dizer do sempre adoentado Doutor. Para Max, essas comparações são embaraçosas, por outro lado ele conseguia com frequência dizer uma palavra de consolo aos pais, após o noivado fracassado, ou agora, no outono, quando o Doutor foi para Berlim sob falsos pretextos, isso sem contar a judia do Leste. Eles se acostumarão, diz Max. Quando conhecerem Dora, as ressalvas vão logo cair por terra.

Da doença, falam apenas de passagem ou como uma velha conhecida, como se fosse uma convidada que se mostra às vezes e então desaparece cordialmente, o que ambos duvidam nesses tempos. O doutor lê a história dos camundongos com uma voz nova que o obriga a diversas pequenas pausas, mas a primeira reação de Max é animada, muitos elogios, a história dos camundongos está entre as melhores que ele já escreveu.

Ele escreve para Dora que quase não há nada a relatar, sobre sua vida na cama, aqui e ali um detalhe de uma visita, que ele levantou há pouco e quase desistiu da empreitada, que escreve pouco, pensa nela, passeia bastante pelos antigos quartos, nos caminhos conhecidos em Steglitz. Dora está prestes a deixar a casa, se mudará para a casa de Judith e exige em toda carta ir para Praga, cada hora seria desperdiçada. Ela esteve novamente na Miquelstrasse e na Grunewaldstrasse, ficou lá por muito tempo, incrédula, como se nunca tivesse existido aquela vida em Berlim. Ela acha que a sra. Hermann percebeu um breve movimento por trás da janela, por isso ela foi embora rápido. Por favor, me deixe ir ao seu encontro. Eu sonhei tudo aquilo? Quando você tiver os papéis, embarco no trem. Seus pais não precisam me ver. Nos encontramos na estação de trem, você toma seu vagão e eu caio em seus braços. Até o fim da semana, ele espera, a permissão será concedida. Não tenho uma perspectiva feliz, escreve ele. Mas por um momento ele consegue acreditar na cena, na estação de trem, o momento no qual ela desce do vagão, cansada da viagem, algo menor do que ele lembrava, com aquele sorriso adoravelmente oblíquo.

Após metade da noite acordado, ele esboçou o plano. Não conseguirá ir à estação de trem sozinho, Dora precisaria buscá-lo na casa dos pais, o que é impossível por motivos sabidos, e assim as coisas ficam como estão, ele viaja com o tio e encontra Dora apenas no sanatório. Ele dá a entender que está temeroso, mesmo quando se conhece de antemão a realidade do local. Em muitos desses institutos, as pessoas lembram-se a cada minuto de que estão doentes, outros são como hotéis, contudo existe não raro uma espécie de dieta, há a obrigação de se alimentar que sempre lhe causou aversão, existem médicos, consultas escrupulosas na chegada, em casos graves medicamentos, lavagens, injeções com mentol e outras medidas semelhantes. A maioria ele já conhecia em uma ou outra variação, o que não melhora as coisas, pois em comparação, nas suas outras estadas, estava saudável, e desta vez parece sério. Diante do espelho as pessoas se enganam facilmente, por fim as mudanças chegam sutilmente, acostuma-se com isso, o que infelizmente significa que não se tem uma visão objetiva. Bem, este é o meu rosto? Pois bem, este é meu rosto, mas a voz rouca chama a atenção, mesmo quando Elli não percebe e prefere falar sobre o rosto dele, que ele não come, seu estado miserável, pelo qual ela responsabiliza Berlim sem mas ou porém.

Todos esperam que ele finalmente parta. Ele mais ainda, mas também aqueles no seu entorno, sua mãe, que traz para ele diversas vezes por dia a correspondência, a senhorita, que deseja seu quarto, mesmo Max, que se escandaliza pela ineficiência das autoridades e não percebe que enfara o Doutor com isso. É hora de ele não ser mais um fardo para eles, o doente é mesmo um transtorno, não há assunto para conversas. Lavar-se e vestir-se é pesaroso para ele, o barulho constante que não para, quando ele diz que precisa dormir, e então dorme amiúde, às vezes observa algo, uma cena de morte no interior com a qual ele sonhou, por que não é necessário temer a morte. Agora, no fim da tarde, para variar ele está sozinho. Deitado na cama, tudo está confortavelmente tranquilo, os pais saíram ou leem o jornal. Ele sabe que são os últimos dias ou horas, mas não sente nada, tem apenas uma sensação precipitada e vaga de alívio, e, de fato, pela manhã ele consegue o visto de entrada, no dia seguinte deixará a cidade.

Como o tio não poderá levá-lo por conta de uma longa viagem planejada a Veneza, Ottla se oferece para fazê-lo, sendo para ele a melhor de todas as possibilidades. Pensam naquilo que ele precisa para o sanatório, buscam malas, Ottla e a mãe preparam as bagagens, de forma que ele quase não tem paz nas horas seguintes. À noite ele telefona para Dora, que já se hospeda na casa de Judith e está preparando o jantar. Fica claro que ele a assustou, ela tem dificuldade em reconhecer sua voz, mas então alegra-se, finalmente a espera chega ao fim. Meu Deus, não acredito. É você mesmo? É muito raro falar ao telefone com ela, como se ela não estivesse tão longe, praticamente ao lado, de forma que esquece por um momento sua antiga birra. Dora quer providenciar logo pela manhã um bilhete para Viena, também precisará de um quarto, melhor nas proximidades da estação de trem, em alguns dias, meu amor, acredite, em alguns dias. No início da conversa estava quase tímida, mas agora soa feliz de verdade, ela ri, fala em intervalos com Judith, que lhe manda lembranças, diz novamente que ficou surpresa, sua voz ao telefone, quem teria imaginado. Se dependesse dela, nunca mais pararia e continuaria conversando com ele, na cama, sob as cobertas, com a voz dele.

4

Os dias antes da partida ela passa como na névoa. Muito rápido tudo se torna estranho para ela, os rostos nas ruas, o tráfego, a atmosfera oprimida. Franz insistiu para que ela viajasse até ele apenas por uns dias, contudo seu sentimento lhe diz que será para sempre. Para ela o mais complicado é a despedida do Lar Popular, de Paul, que lhe afirma sem cessar: o Doutor ficará bem, claro que ficará, se ele melhorar eles voltarão a viver em Berlim. Ele gostaria que ela prometesse, mas ela não consegue, além disso precisa ir até as crianças, que dão para ela um caderno com canções hebraicas; rezam e cantam, então ela abraça todas ao seu redor, apenas muito depois das seis ela consegue deixá-los.

Não há muito mais o que fazer. Judith pergunta a si mesma como Dora, por Deus do céu, conseguirá viver com tão pouca bagagem, para a Palestina ela precisará de no mínimo o dobro, não as coisas de inverno, mas uma quantidade de livros para as noites quentes, nas quais ela espera conseguir ler. Naquele momento ela parece mais uma enfermeira, ao lado de Fritz, com o qual ela tem mesmo um relacionamento, pois o tempo todo ela diz "nós", o que eles pensaram, ele e ela. Judith cozinhou e desta vez se esforça de verdade, toma Dora pelo braço, tenta enchê-la de coragem. Você é forte, diz ela, você o ama, vocês conseguirão. Dora imagina desde a manhã que ele está sentado com Ottla no trem, quanto ainda têm pela frente. Agora, no início da noite, decerto ele já está há muito no sanatório. Imagina que ele cai na cama, exausto, e fica feliz que ele tenha Ottla ao seu lado. Ela conta um pouco sobre Ottla e então novamente sobre Franz, e Judith confessa não saber se Fritz é o homem correto para ela, mas esse é um assunto antigo, como reconhecer o homem correto. Já em Döberitz elas conversavam sobre isso, naquela época em que as duas pensavam o que seria delas. Judith diz: Eu gostaria de levar você comigo, e por um momento isso é muito ruim, pois nesse momento ela gostaria de ir.

Apenas no caminho para a estação de trem ela fica tranquila e lúcida. Judith quis acompanhá-la de qualquer maneira, elas saem atrasadas, por isso mal resta tempo para se despedirem. Dora precisa prometer que escreverá assim que possível, e então já toma o assento, a caminho de Franz. Ela traz suas cartas, tudo que ela guardou em janeiro, um punhado de cadernos que não lhe pertencem e que ela salvou sem que ele soubesse. A maior parte do tempo ela apenas sonha, folheia o jornal, espera que o tempo passe. Chega o cobrador, a qualquer momento eles alcançarão a fronteira, onde ela mostra o passaporte, as malas em cima no bagageiro. Para Franz termina o segundo dia de sanatório, nem a duas horas de distância dela. Uma húngara, com a qual ela entabulou conversa, recomendou o Hotel Bellevue, é bem na esquina. Ela está mesmo em Viena? A atmosfera não parece diferente da de Berlim, o atendente da casa de câmbio na estação de trem não é mesmo amigável, mas um quartinho sob um teto pode-se dar a ela, lança um olhar sobre as vielas, ouve a estação de trem na qual há dias Franz também chegou.

Na manhã seguinte ela liga para Praga. Tem sorte por Elli atender o aparelho, pois com ela Dora já havia falado, naquela época, antes do Natal, quando ela da mesma forma parecia sem fôlego. Franz resistiu tranquilamente à viagem e pede seu endereço vienense, ela não deve partir sem antes ter uma resposta dele. Ela consegue o endereço do sanatório, envia um telegrama despropositadamente caro, no qual segue escrito apenas que ela está pronta, o hotel, endereço e número de telefone, como ela sente a falta dele. Hoje à tarde ainda pode estar ao seu lado. Então ela aguarda, com um traço de indignação que mal admite a si mesma, pois por que ele torna as coisas tão complicadas? As primeiras horas passam de qualquer maneira. Uma resposta demora, tenha paciência, ela diz a si mesma, mas então, quando chega a tarde, a espera se transforma em tortura. Ele poderia ligar ou pedir para que ligassem para ela. Por favor, me ligue. Ou ele está muito mal? Até muito depois das nove ela fica sentada no saguão do hotel, nesse meio-tempo faz sua refeição no restaurante, num estado de desespero mudo. Amanhã, acalma-se, uma noite ainda. Em sua última carta ele pareceu tão suave e cheio de saudade, e assim ela lê as cartas dele para se consolar, olha de novo e novamente para a recepção, onde está o telefone, as estreitas caixas de correspondência, a maioria vazia, lá em cima as primeiras filas na quais há uma caixa para ela.

No dia seguinte ela somente corre. Ele escreveu que a espera, e desde então ela parece voar, apressa-se para a estação, onde ela embarca no primeiro trem para Pernitz. Também durante a viagem continua em movimento, caminha no vagão para lá e para cá, registra lá fora a nova paisagem e lê pela centésima vez o telegrama. Na chegada em Pernitz, a princípio ela não está familiarizada com o local, pergunta aos velhos camponeses pelo caminho, é provável que haja um ônibus, que, no entanto, raramente viaja, assim ela prefere seguir a pé, uma estrada cheia de curvas, sob a mais magnífica luz do sol. No início o vale é bem estreito, então aos poucos ele se alarga, aqui e ali um sítio, e então, após mais de uma hora, descobre ao longe o sanatório, um prédio alto e largo com duas torres, muito mais que o hotel em Viena, quase um castelo. Não está muito quente, apesar disso veem-se na aproximação pacientes de camisolas em todos os lugares, também nas sacadas, onde ela procura por Franz em vão, enfermeiras em trajes brancos que empurram cadeiras de rodas pelo parque ou ajudam os doentes na caminhada. Ela imaginou o lugar mais triste. E, ainda assim, há uma certa reserva, lá dentro na recepção, onde perguntam seu nome e não deixam que ela vá até ele de pronto, mas então permitem, no primeiro andar à esquerda está o quarto dele. Nos últimos metros ela acha que vai explodir de ansiedade. Ela bate na porta e, como ninguém responde, simplesmente vai até ele, fica diante da cama e mal o reconhece. Não ousa beijá-lo, está no fim do mundo daquele quarto e diz: Estou aqui. Finalmente, ela diz. Ele sorri, aponta uma cadeira com um movimento de cabeça, um pouco sonolento, claro que ela o acordou. Ele sussurra, diferente do que ela conhece, ela pergunta, meu Deus, o que aconteceu com sua voz, e apenas agora ela se senta na cama, pega a mão dele, com um aperto cuidadoso ao qual ele responde de pronto. À primeira vista ele não mudou. Está fraco, mais magro que da última vez em Berlim, mas é Franz. No início ela pensa apenas isto: Estou aqui com ele, todo o resto não me importa. Ela não escuta bem o que ele diz, os nomes dos medicamentos, que tem dores. O sussurrar apenas não valeria comentários, mas a doença alcançou a laringe, os médicos falam de uma intumescência, por sorte nada maligno, ao que parece. Ele pergunta sobre a viagem, se ela tem lugar para ficar, pois ali na casa ela não poderá se hospedar. Após uma hora, mandam-na sair, e apenas agora, no corredor, ela começa a compreender onde está. Por trás da porta, ouve-se a tosse de alguém, por muitos minutos, também nos quartos mais distantes, alguém geme, um outro ri, embora soe mais como um pranto. Ela pode voltar até Franz, nesse meio-tempo procura alojamento, senta-se na cama dele, já de certa forma preparada, como ela acredita. No dia anterior, em Viena, ela imaginou sabe-se lá o quê, pensou que morreria de saudade, e agora ele está lá, deitado naquele quarto, estranhamente distante, como se ela não pudesse alcançá-lo, como se ela pudesse apenas acreditar que o tem, como em Berlim.

Aos camponeses com quem ela se hospeda disse que visitava o marido, ele estava doente, o que aparentemente eles já sabiam há muito. Eles falam num dialeto de difícil compreensão, dão a ela leite e pão, meneiam a cabeça a cada mordida de uma forma encorajadora que adequaram para hóspedes como Dora. O quarto é simples e limpo, tudo de madeira, mesmo as paredes e o teto; para lavar-se há uma caneca d'água e uma tina, para o café da manhã, novamente leite e pão. Ela acorda cedo e antes das oito sobe ao sanatório, de onde a mandam embora, indicando os horários de visita. Ela protesta, apesar disso a impedem de entrar, ela não tem a menor ideia de como suportará as próximas horas, segue por um tempo pelo parque, volta para o seu quarto e sobe de novo ao sanatório. No meio do caminho há um prédio longo, no qual as pessoas jogam bola, pacientes de camisola e um, dois cuidadores em uma atmosfera feliz e ruidosa. Às quinze para a uma ela está com Franz, que visivelmente se alegra, quase mais que no dia anterior. Aos sussurros ela se acostumou, sente falta da voz dele, mas é bonito quando eles conversam. Como sempre, ele se preocupa com dinheiro. Cada dia no sanatório custa uma fortuna, além dos medicamentos cujo nome ela começa aos poucos a conhecer: contra a febre, três vezes ao dia piramidona líquida, contra a tosse, atropina, além de alguma bala. Nenhum dos medicamentos ajuda. Franz não consegue comer há dias pelo inchaço na laringe, o médico que chegou fala de injeções no nervo, também uma resseção pode ser considerada, o que apenas especialistas em uma clínica vienense estão em condições de fazer. Primeiro ela não entende. O médico que traz a notícia para eles está impaciente, Franz balança a cabeça, contudo não é tão difícil de fato compreender, não é possível fazer nada por ele aqui no sanatório, elas precisam ir embora, ir a Viena para a clínica do professor Hajek o mais rápido possível.

Os camponeses estão no café da manhã quando ela se despede. Franz também está acordado há muito, num estado não tão ruim quanto ela temia. Os papéis da alta são assinados, não resta muito tempo para refletir, mas talvez seja até bom, fazer tudo automaticamente, na sequência prevista para tanto. Serão mandados para um carro, ela faz as bagagens enquanto Franz escreve aos pais. A viagem é horrível nas intempéries. Por motivos inexplicáveis, não há carro com capota, e assim percorrem um trecho infinito sem qualquer proteção, Dora com o casaco aberto em pé à frente dele, como atordoada, como se não fosse verdade. Na clínica, levam-no embora de pronto, somente após uma eternidade ela tem autorização para entrar no quarto. Na verdade, é mais uma cela, ele está deitado ao lado das camas de duas pessoas que sofrem terrivelmente com alguns aparelhos na laringe dos quais apenas se pode ter medo. Franz a manda embora rapidamente, e assim ela se acomoda novamente no Hotel Bellevue, onde termina uma carta que Franz começara a Robert sob a impressão da opressiva clínica. Não há nada mais a perder, escreve ela, Franz não conseguiria mais falar. E de fato ela percebe apenas agora que ele não falou mais, desde a manhã não falou, nem mesmo sussurrou, e apesar disso ela tem o tempo todo a sensação de que ele fala com ela, como naquela época em Müritz, mesmo quando não estava lá, dentro dela, como se estivessem lá juntos e conversassem sem parar.

5

No primeiro dia eles ainda deixam o Doutor em paz. Na entrada, os médicos perguntaram muitas coisas, sobre a evolução da doença, quando e com que frequência ele tosse, sobre o muco, o sangue, antes naquela noite, a febre em Berlim, a primeira perda de voz em Praga, o que eles planejam para ele, então sobre o efeito do mentol, que no momento eles consideram uma aspersão da laringe inchada a melhor medida, por fim ele precisa comer, seu peso está abaixo de cinquenta, não pode cair mais. Assim falam com ele, não de todo abertamente, como se tivessem chegado a um consenso, sempre revelando apenas o estritamente necessário, mas com maior exatidão ele não gostaria mais de saber, se possível. Com os vizinhos de cama ele também já fez amizade. Eles se cumprimentam com um meneio ou um aceno, pois não estão em condição de fazer mais que isso. Assim, em comparação, ele se sente quase saudável. As dores na garganta são insuportáveis, mas ele tem voz, bebe, em goles cuidadosos, pela manhã a cada meia hora. Seu estado não é agradável, mas ele fecha a boca, principalmente na frente de Dora, que passeou pela Catedral de Santo Estêvão e traz uma expressão tristonha. Ele escreve algumas linhas aos pais, as mentiras costumeiras, que ele está bem acomodado, sob a melhor supervisão médica, sem que seja possível prever por quanto tempo. Dora o incomoda cada vez mais com perguntas, ela umedece com um pano molhado a testa e os lábios, o beijou para cumprimentá-lo e o beija novamente mais tarde, muito depois do fim do horário de visita, sob os olhos críticos de um enfermeiro.

O médico de quem ele recebe a primeira injeção é novo no hospital, tem a idade de Dora, no início fica desconfortável pelo nervosismo, de forma que as coisas infelizmente demoram. A seringa tem uma agulha longa e curvada que parece feita para causar medo, contudo o mais desconfortável são os procedimentos prévios, o folhear dos papéis, o puxar do líquido, enquanto a pessoa treme numa espécie de catre, meio cama, meio cadeira. Nunca tinha imaginado, diz o médico, um nome que desaparece de pronto, então entra fundo com a ponta metálica em sua faringe, cutuca por uma eternidade, até tudo estar no ponto e um líquido oleoso ser despejado. Ainda está dentro ou já saiu? De primeiro não se percebe muita coisa, um certo ardor, o alívio de se ter aguentado, uma leve melhora, como ele acredita perceber na hora do almoço, embora continue sem pensar em comer. Mas sente-se melhor. Pouco depois da uma hora chega Dora, ele está desperto e satisfeito e consegue até mesmo se alegrar por seu cunhado Karl estar na porta sem aviso. Não se sabe se ele está na cidade por acaso ou se Elli o enviou. Ele lhe deseja uma ótima recuperação, traz um desenho de Gerti, no qual é possível reconhecer a praia de Müritz, ao fundo um castelo, uma cadeira de praia com homenzinhos negros, além disso uma seta com a inscrição *tio Franz*.

No dia seguinte ele também recebe a visita do cunhado, mas dessa vez a atmosfera é opressiva, pois à noite houve uma morte, por muito tempo Dora não quer acreditar, enquanto Karl tenta fugir do assunto. Um homem mais velho, camponês da região, como o Doutor presume. Por volta das três, três e meia ele de repente não conseguiu mais respirar; um médico e um enfermeiro apareceram, mas não foi possível fazer mais nada. Ele viu como ele se curvou na penumbra sobre a cama e balançou a cabeça e por fim retirou o falecido do quarto com uma maca. Fala-se sobre o efeito da segunda injeção, que o engolir não dói mais, por isso à noite ele consegue até mesmo comer algumas colheres de purê de batatas, mas apenas isso. Na despedida, Karl prometeu pintar o local com cores muito menos sóbrias, senão eles ficarão loucos em Praga, e mandar novamente o tio, que está na chuvosa Veneza; um telegrama já está a caminho, pode-se esperar apenas que não chegue a ele. Karl não basta como enviado da família? Em vez de outra visita, ele precisaria de um edredom, além disso uma almofada, pois, diferentemente do sanatório, aqui elas são fornecidas apenas em caso de extrema necessidade; sente-se como numa fábrica, além disso os médicos também não se preocupam tanto e durante suas visitas não trazem o laringoscópio por preguiça ou recomendam goma de mascar, que não ajuda contra as dores.

Se Dora está com ele, ele se esquece facilmente de onde está, quando fecha os olhos e escuta seus relatos, que tudo está florido, nos parques as árvores, os sinos dourados, as rosas nos roseirais. Em geral, as horas passam voando, mas aqui e ali sente uma pontada, quando tosse, quando sua voz vai embora. Novamente não consegue engolir a refeição, come apenas uns bocados, embora precise se obrigar. Apenas pouco tempo antes a enfermeira recolheu a bandeja quase intocada, e assim Dora tomou coragem e perguntou se ela não poderia assumir o preparo das refeições, conhecia o Doutor um pouco melhor, suas preferências, o que consegue comer bem e o que não consegue. De início a enfermeira não quer permitir, precisa perguntar primeiro e volta pouco depois com a permissão, também leva Dora consigo de pronto para mostrar-lhe a cozinha da enfermaria. Em geral, preparam apenas chá, mas tem tudo lá, panelas, talheres, um forno. Ela pergunta o que ele deseja. Uma sopa, ela sugere, frango cozido, de sobremesa um bolo. Sim, quer? Então estarei aqui amanhã às onze. Pode-se ver como ela fica alegre, no caminho do hotel ela descobriu um mercado, lá fará as compras.

As conversas com seus companheiros de quarto são bem esparsas. Falam sobre a febre, os médicos e as enfermeiras, visitas vindouras, o tempo, pois aos poucos esquenta lá fora, o sol brilha pela janela aberta, e se permanecer assim logo poderão ir com a cama para o jardim coberto, de onde se deve ter uma vista de metade de Viena. Seu vizinho de cama, Josef, um sapateiro com bigode largo, tem um desses caninhos na garganta, mas o tempo todo está em pé, come com grande apetite a comida do hospital e inveja o Doutor, que vê sua garota todos os dias, pois ele mesmo não recebeu qualquer visita até o momento. Pela primeira vez em três dias não há injeções de mentol, o que é bastante agradável; o tratamento parece fazer efeito, ele consegue comer um pouco, graças a Dora, que lhe serve em seguida canja com ovo, frango com legumes e pão de ló com creme batido. A banana no bolo não é bem do seu gosto, mas Dora está feliz, não há motivo para inquietação ou desespero, até fazem planos. O sanatório em Grimmenstein volta à baila e um pequeno em Kierling, próximo a Viena. Dora fez telefonemas sobre a questão, fez com que Max ativasse seus contatos, até mesmo Werfel supostamente intercedeu, pois a morte incessante ele não consegue e não quer suportar por tanto tempo. Apenas na noite anterior houve outra morte, Josef ouviu num de seus passeios, ele mesmo não está tão bem, tem febre alta, está inquieto e não se deixa persuadir a permanecer na cama. Dora quer ir para Kierling e verificar se o hospital de lá é adequado. O professor Hajek, que se opõe estritamente à mudança, poderia viajar para o tratamento fora de Viena, não haveria limitação para visitantes, ela poderia estar sempre ao lado dele, logo à tarde ela seguirá para lá.

No dia seguinte, a questão está decidida. De trem até Kierling é uma pequena viagem, Dora é recebida de forma bastante amigável, a casa não é mesmo grande, mais uma pensão, apenas doze quartos, no fim do vilarejo. Hoffmann é o sobrenome do casal que dirige o sanatório. Os custos são toleráveis, mas o melhor é que há quartos para parentes. Dora parece pálida quando volta, algo parece tê-la assustado lá, em Kierling, como se ela soubesse que após Kierling não haveria outro sanatório. Novamente ela chega duas horas antes do horário de visita para cozinhar, mas embora hoje também não haja injeções e o clima esteja ótimo, ele se sente mal, tem sede, bebeu muito pouco na semana anterior e agora não consegue se recuperar segundo as instruções. Dora contou aos médicos seus planos, também os pais devem saber, o que, por sua vez, ele deixa nas mãos de Dora. Partiremos no sábado, ela escreve, para uma maravilhosa região florestal. Perto da noite ele aos poucos começa a acreditar. Despedida não é a palavra certa. Ele sente um certo peso, que talvez seja apenas indolência, pois precisa mudar-se novamente, o que infelizmente significa que aqui também o consideram um caso perdido – senão, por que os médicos mal apareceram nos últimos dias?

Tirando a sede, seu estado é tolerável, embora ele ainda perca forças. Sente isso em cada movimento, pela manhã, quando faz as abluções, como se houvesse um vazamento, um fluido que calma e incessantemente escoa dele. E mesmo assim Dora traz a ele todos os fortificantes possíveis, no café da manhã leite integral ou chocolate quente e, mais tarde, ovos mexidos, então frango ou costeleta de vitelo, tomates fritos e amassados misturados com manteiga e ovo, couve-flor ou ervilhas frescas, de sobremesa bolo com creme batido, às vezes bananas ou uma maçã, então, na hora do chá, novamente chocolate ou leite com raspas de manteiga e, no jantar, de novo algo com ovos. Ou é a quantidade de comida que causa sua languidez? Mesmo nas poucas horas com Dora ele sente dificuldade em permanecer acordado, Felix também aparece de surpresa e fica por uma hora, mesmo essa hora ele consegue superar. Felix não deixa transparecer o que acha do estado do Doutor, diz palavras amigáveis a Josef, antes de apresentar os cumprimentos de Praga, de Max e Oskar, que pensam nele lá longe. Para Dora, a visita significa uma mudança bem-vinda, seria a melhor coisa se o clima permitisse, poderiam ir brevemente lá fora. Ela menciona até mesmo a palavra recuperação, como ela está feliz por logo estarem longe dali. Há duas semanas, pensa ele, a esperança era o sanatório, uma semana depois seu nome era Viena, e agora chama-se Kierling. Felix, como sempre, tem muito trabalho com a revista *Selbstwehr*, que o Doutor continua a ler com certa regularidade. Os pais mandaram há pouco as últimas edições, mas gostaria de tê-las recebido diretamente da fonte, para leitura na sacada, pois Dora disse que em Kierling há uma sacada virada para o sul, de forma que é possível aproveitar o sol por algumas horas, o que no momento soa quase como a glória.

6

MAL SE PASSARAM DUAS SEMANAS e não resta muito das esperanças de Dora. Nunca teria pensado que um dia levaria uma vida assim, contudo assim é, de alguma forma ela aceita, como uma náufraga que fora desviada para uma ilha inóspita; as coisas vão bem de certa forma, mas nem sempre. À noite, no hotel, suas forças em geral estão no fim, esgotada e ao mesmo tempo animada, pois o tempo todo há pequenas inquietações, de manhã um telegrama de Robert, que anuncia sua visita sem consultar e apenas consegue ser desencorajado com frases drásticas. Franz, por sua vez, conta cada hora, ele apenas quer ir embora, é o último dia deles em Viena. Ela beliscou algo no restaurante, onde não foi observada com estranheza por ninguém, o estabelecimento não está muito cheio, por isso os garçons não têm quase nada a fazer, o tempo todo ficam em pé, ao lado de sua mesa, e perguntam o que ela deseja. Ela pediu papel e um lápis, pois ainda quer escrever uma carta aos pais dele, somente ela, sozinha, o que parece de alguma forma estranho e não torna mais fácil o ato de mentir. Conta sobre a transferência iminente, tudo acontecendo com a anuência dos médicos, o que distorce totalmente os fatos, pois na verdade eles tentaram dissuadi-los do contrário até o último momento, mas, por favor, Franz está alegre e vibrante, e logo ela enviará folhetos do novo sanatório.

No dia da partida, os ânimos não podiam ser piores, pois na noite anterior morreu Josef, que ainda no fim da tarde caminhava feliz para lá e para cá. É a primeira vez que ela vê Franz chorar, cheio de fúria, como se fosse de todo incompreensível por que alguém como Josef precisa morrer. Os médicos não poderiam ter cuidado melhor dele? Dora percebe o fato acima de tudo como um aviso; quando alguém consegue caminhar e comer bem, não significa que viverá por muito tempo. Voltam a enviar mensagens, um cartão para Max, que vendeu a história dos camundongos e gostaria de saber para qual endereço deve remeter o dinheiro. Por sorte, o clima está fantástico. Por volta do meio-dia eles partem, pegam um táxi até a estação de trem e chegam pontualmente para tomar o trem que seguirá sem baldeações até Klosterneuburg. Felix os acompanha. Todos estão aliviados por deixarem a clínica para trás, literalmente suspiram, fazem planos para os próximos dias, pois a região é bonita de verdade, a sacada adornada por flores, o quarto cheio de sol. Tudo é branco, as paredes, a cama, armário e bancada de toalete, há uma escrivaninha que de alguma forma encontrou seu lugar, pois o cômodo é um pouco estreito, bem, mas não é totalmente frio. A sra. Hoffmann, que chegou com o marido para dar as boas-vindas, diz que para ela era uma honra, faz uma pequena apresentação, mesmo que Franz se interesse somente pelo quarto. Fica no segundo andar com vista para o jardim, onde as primeiras rosas desabrocham. Três, quatro pares de pacientes estão sentados no alpendre, bem atrás parece haver um riacho, no entorno muito verde e vinhedos.

Os primeiros dias são como férias no interior. Eles ficam sentados na sacada e aproveitam o calor, Franz traja um terno pela primeira vez em dias, está cheio de vontade de agir, e assim eles seguem depois do café da manhã para os jardins, onde naquela hora apenas uma mulher mais jovem toma sol, uma baronesa, como se revela mais tarde, que é conhecida por seu grande apetite. No final do terreno existe um portão de ferro fundido pelo qual é possível acessar um pequeno vale que se enche com o sussurrar do riacho, o canto dos pássaros, naquele vento prenhe de primavera. Eles se viram para a direita, seguem o riacho por alguns momentos, até chegarem ao vilarejo poucos minutos depois. Embora o caminho não seja extenso, fazem uma pausa num banco, ainda uma das melhores coisas a se fazer. Há todos os tipos possíveis de pessoas passeando, famílias com crianças em trajes dominicais que seguem para uma das duas estalagens para almoçar. Franz queria fazer um passeio de carruagem, um cocheiro gordo faz propaganda de sua carruagem de um cavalo e por uma ninharia o leva até Klosterneuburg, que está muito próxima e onde as ruas são ainda mais movimentadas. Franz ri, está feliz e relaxado, como naquela época de praia, ele segue o tempo todo de braços dados com ela e a beija, suas mãos, testa e nariz, como se por sua vez ele não se desse conta de que ela está aqui e permanecerá ao seu lado. Além da história dos camundongos, Max também vendeu a história de sua primeira senhoria berlinense, está sendo publicada hoje no *Prager Zeitung*, que obviamente eles não têm, mas ainda assim é um motivo para comemorar e recordar. Berlim fica uma eternidade para trás, quem sabe se a verão novamente; apesar disso, agora conversam sobre Berlim. Na noite anterior, ela finalmente escreveu a Judith, o que não lhe agradou muito, pois não disse palavra sobre sua vida atual, que somente acontece nas horas nas quais ela não está ao lado dele, no seu novo quarto, apenas um quarto qualquer, um abrigo provisório que será abandonado na próxima oportunidade.

Também na segunda-feira de Páscoa eles caminham pelo vale com o riacho, mas dessa vez seguem para a direita e continuam na direção da floresta, um caminho que ascende até um monte, de onde se enxerga além dos vinhedos e florestas. Franz está sem fôlego, mas ainda cheio do espírito aventureiro. Gostaria de ir até a taverna, sentar-se ao sol com uma taça de vinho, por que não; eventualmente, pode-se ir até mesmo para Viena, caso a vida interiorana se torne uma chateação para eles. É apenas um pequeno passeio, no entanto, mal eles voltam e precisam reconhecer que seria melhor ter desistido. Franz está totalmente exausto, sente frio, por isso vai de imediato para cama e mesmo da visita de despedida de Felix ele apenas toma conhecimento. Dora não sabe muito sobre esse Felix. Trabalha como bibliotecário na universidade. Ela gosta de seu jeito cuidadoso, seu modo calado de consolar, como ele fala da filha, Ruth. Eles se sentaram na sala de leitura. A maior parte do tempo conversam sobre Franz, seu sonho com a Palestina, que também é o sonho de Felix. Ela o acompanha até a porta, onde, para surpresa de Dora, ele a abraça sem jeito e diz não querer deixá-la. Tão solitária, os dias são decerto muito longos. Ora, não, diz ela. Nos damos bem, nos toleramos bem, em Berlim exercitamos bastante a convivência.

Por sorte, os feriados acabaram. Franz deseja uma fruta fresca, pode-se novamente fazer compras e cozinhar, e assim ao menos ela tem o que fazer, conversa com a divertida cozinheira da Silésia sobre os procedimentos para que ambas não se atrapalhem, mas tudo se encaminha sem dificuldades. A atmosfera na casa é familiar, as pessoas cumprimentam-se nas escadas e corredores, a maioria dos residentes – quatro homens e duas mulheres – já a conhecem. Certa vez ela conversa por muito tempo com a baronesa, considerada um caso sem esperança, mas não para o dr. Hoffmann, que a encoraja ao máximo a comer. Ela literalmente se entope de comida; se há salada de pepinos, ela pega quatro em vez de uma única porção, e assim ela espera vencer a doença. Isso tudo ela diz rindo, que é noiva de um jurista, que deseja casar-se com ela logo. Franz continua com febre, principalmente às noites, está deprimido, pois não pode sair. Mas tem apetite, ele sempre fica tão grato quando ela chega, que trabalho ela tem com ele. Se lembra do restaurante vegetariano na Friedrichstrasse?

Do dr. Hoffmann ela ainda não tem uma impressão clara. É um homem afável de meia-idade, mas com opiniões bastante firmes, e rejeita, por exemplo, todos os métodos de tratamento heterodoxos. Isso vai contra Dora, que gostaria de visitar um médico naturalista de Viena, mas não obtém permissão. Ele entende muito bem que na situação atual se deve tentar todos os meios, mas simplesmente assume toda a responsabilidade pelos pacientes. Franz parece quase aliviado, pois qualquer médico custa uma exorbitância, o sanatório, o quarto de Dora, qualquer compra feita. Metade do dia ele fica rabugento e reclama que não tem nada para ler, pois os pais não enviaram qualquer jornal. À noite, ela conversa ao telefone com a mãe dele, e é claro que as coisas há muito estão a caminho, inclusive a cama de molas solicitada. Apesar dos prospectos, a mãe não consegue imaginar a vida nessa tal Kierling, espero que também tenham tempo para vocês; depois de tanta agitação, com certeza vocês precisam disso. Dora fica bastante emocionada, ela aprecia o *vocês*, pois em Praga as pessoas percebem que ela pertence a Franz, mesmo aqui no sanatório que, apesar de tudo, é um modo de viver.

 Judith enviou dois pacotes grandes de Berlim, roupas íntimas e vestidos que Dora pedira, agora que não se fala mais numa volta à cidade. Dora empacotara essas coisas há semanas, fica surpresa por ela encontrar tudo, dois vestidos para o período de transição, seu tailleur, alguns livros, bijuterias. Ela troca de roupa de imediato, o vestido colorido para Franz, mesmo que talvez ele não perceba, mas ele percebe no ato, sabe também quando ela o vestiu, nos primeiros dias berlinenses, ele diz: no Jardim Botânico. Ela comprou o vestido pouco antes de Müritz. Gosta da gola plissada, das flores que possivelmente têm algo de juvenil, mas exatamente disso ele gosta. Ela desfila diante da cama por um momento, dá um giro lento como se dançasse. Ela nunca dançou com ele, também não sabe se ele sabe, no passado, quando estudante, ela acredita, mas ele balança a cabeça rindo, não, nunca, mas se ela quiser ele aprenderá. Por uma noite inteira é quase como antes. Juntos eles jantam omelete, recomeçam a sonhar com um verão em Müritz, o que mais eles fariam. Não muito mais, como se revela, pois em princípio a maior parte das coisas está bem. Claro que Dora não trabalharia, teriam um quarto juntos, próximo da praia, pois o caminho até a praia era um pouco distante, contudo Franz gostava muito de sua pensão. Lembra-se ainda do quarto? Ela se lembra ainda da chuva horrível, de como ficou molhada, cada ínfimo movimento. Como ele chegou até ela. Disso tudo ela se lembra. Os beijos. Como ficou agitada. Faz tanto tempo. Mas o sentimento ainda está lá, os ecos que ele faz, o medo que esteve lá desde o início, algo furtivo, algo que ela ignorava como podia.

7

A ESCRITA PARECE QUE chegou ao fim de uma vez por todas. Nesse meio-tempo ele mal lida com a correspondência, nem é possível imaginar que escreva algo para si. Mas o surpreendente é que não se preocupa muito com isso. Pensa na noite vindoura, de hora a hora os afazeres, as visitas iminentes, um tratamento, a próxima refeição. Ele se pergunta se hoje consegue levantar-se, olha pela manhã o clima, se pode ir até a sacada, espera Dora, sem a qual ele teria perecido há muito, pensa na consulta com o pneumologista, marcada para o dia seguinte e a qual ele realmente teme. Tirando isso, é surpreendente como se sente bem. Não precisa sair dali, de qualquer forma o dinheiro basta, eles podem sentar-se juntos na sacada e recordar. Em geral ele não passa de Berlim. Suas esperanças não são mesmo exuberantes, mas pode-se sonhar com outra viagem ou alegrar-se com as pequenas mensagens que Dora traz, cumprimentos de Praga ou de Berlim, pois também chegam lembranças de Berlim, de Judith, a quem ele agradece com alegria pelos vestidos de Dora. Dora escreve e telefona, e às vezes ele se surpreende com a energia dela, além disso, infelizmente Deus sabe que ele não é uma boa companhia, pois cada vez consegue falar menos por causa da rouquidão, cansa-se nos horários mais impossíveis e para decepção dela come muito menos do que seria necessário.

Do especialista de Viena conta-se que certa vez ele deveria ter tratado um paciente, mas então, como ele cobrava 3 milhões, não viajou no último minuto; no outono passado, como também aqui, os preços subiram a alturas vertiginosas. A manhã toda esperam-no, e quando ele finalmente aparece a consulta não dura meia hora. Para o especialista, ele é somente uma espécie de tísico, um caso entre muitos milhares, mas já que ele está ali mesmo, faz uma pequena laringoscopia, apalpa um pouco e, após deixar uma nota, viaja por fim de volta a Viena. Por um momento, Dora empalidece ao ver o valor, embora ela não diga nada e saia por um momento do quarto. Fica claro que a consulta a preocupou muito. O professor não disse expressamente, mas é um caso perdido, como todos aqui na casa, e assim ele sabe ao menos que está em boa companhia, enquanto Dora finge ter sido apenas uma consulta idiota. Mas ela precisa de ajuda. Não teria conseguido perceber isso antes? Certa vez ela insinuou, parece ter falado sobre o caso com Robert, que seria bom se ele tivesse alguém com quem pudesse conversar, nos momentos em que ela está na cozinha ou precisa fazer compras no vilarejo. Além disso, como Franz, ele tem tuberculose, por sorte num estágio inicial, mesmo assim está familiarizado, também aí ele seria de grande ajuda. Bem, diz o Doutor, embora há muito se opusesse a Robert, algo nele o incomoda desde o início, seu jeito exigente, sua disposição para se submeter.

Provisoriamente, ele vem apenas para uma visita. Dora o busca na estação de trem enquanto o Doutor fica deitado à sombra na varanda, o torso nu, com um jornal de anteontem que estava na correspondência vinda de Praga. Já se passaram três anos desde que se conheceram no sanatório. A guerra acabara fazia tempo, apesar disso falaram muito sobre a guerra, pois Robert esteve no front ocidental e então na Itália por alguns anos, nos quais ele pegou a doença. Sempre que se encontravam ele parecia vívido e jovial, um pouco amolecido, em especial no rosto, no qual havia um hausto de amargura, pois precisou desistir da faculdade de medicina por conta da doença. Como é de se esperar, não mudou muito. Vem de terno e colete, os cabelos como sempre penteados de lado, um homem de boa aparência com 25 anos. É óbvio que ele e Dora já conversaram, por isso quase não há perguntas. Mas ele está pronto a ajudar, diz, ele se alegra, esperou por uma oportunidade como essa. Para Dora, sua presença consiste num ato de bondade. Ela lhe mostra a vista da sacada, o quarto onde eles ficam por um momento e conversam, passaram até mesmo pela sala de jantar, a cozinha na qual ela prepara as refeições, seu pequeno reino. Ele quer ficar alguns dias ali na casa, onde por sorte ainda há quartos vagos, e assim todos ficam satisfeitos, o dia a dia fica cada vez mais árduo, a fala, mas também a leitura, pois há dias chegou o novo livro de Werfel, e assim ele lê aqui e ali, num vagar sem fim, em geral algumas páginas.

Principia um novo período de tranquilidade, mais em seu íntimo, ele tem a impressão, pois fora há sempre agitação, ele recebe compressas e precisa fazer inalação, o único tratamento para a febre. Ele recusa as injeções de arsênico indicadas pelo dr. Hoffmann, e de fato a febre parece estar mais baixa desde o dia anterior. Pela manhã, por exemplo, tem apenas temperatura elevada, a garganta não muda, a rouquidão que eventualmente impede a fala. Acima de tudo, ele se alegra por Dora. Está como transformada desde a chegada de Robert. Às vezes, eles se revezam, então de novo sentam-se os três, conversam sobre o mais novo mexerico de Praga, de onde acaba de chegar correspondência, de cuja resposta Dora se encarrega. Os pais pedem-no expressamente, e agora ela fica muito orgulhosa e pergunta com todo cuidado sobre a cama de molas, ela já pensou em comprar uma em Viena, mas então ele a mandaria embora. O Doutor ri quando lê, gosta de como ela escreve, suas formulações estranhas, que ele logo murmurará, por que ela deixou tão pouco espaço para escrever, mesmo assim para ele está ótimo. Ele gosta da letra, da qual ela continua a afirmar que está cada vez mais parecida com a dele, ele gosta da honestidade dela, como ela se preocupa, que ela assuma a função de escrever. Às vezes é como no escritório, quase diariamente há cartas a responder, na mesa os envelopes se empilham. Ela se curva muito sobre o papel quando escreve, algo corcunda, como sob um fardo que aprecia carregar, como se a escrita fosse um ato divino.

Na cama à noite ele se pergunta o que será dela. Quando ele não estiver mais ali, em qual direção ela seguirá. É triste e estranho pensar nela dessa maneira, sozinha, sem ele, embora tivesse vivido todos os primeiros anos em Berlim sem ele e nunca tenha reclamado disso. De olhos cerrados ele imagina saber que ela não ficará perdida, pois é carinhosa e ao mesmo tempo robusta, de qualquer forma ele a conhecera assim. Ele poderia ter casado com ela, sim, ainda poderia. Por que ele não se casa com ela de fato? O pensamento vem um pouco tarde, ele precisa confessar, com um sentimento de leveza, agora, pois ele mal percebe por que ele não pediu a mão dela já em Berlim. Ele não pensa na resposta que ela daria. Pensa em F., por que desde o início ela fora a mulher errada, em M., sem grande dor, como se M. tivesse sido a resposta consequente para o erro do noivado. Até a noite ele permanece com o humor em alta. Em seu criado-mudo está um exemplar do jornal *Prager Presse*, no qual fora publicada sua Josefine, isso também é motivo para alegria, além de Dora num novo vestido, até mesmo a refeição é bem-vinda, ele não consegue se lembrar de quando foi a última vez em que comeu com tanto apetite.

Por muito tempo à noite ele reflete, menos sobre o "se" do que sobre o "como", pois ele não quer cometer nenhum erro; há regras às quais ele pensou obedecer, além disso, tem as preocupações comuns com os pais, embora os pais em geral não o preocupem. Não pode fazer isso por remorso, pois muitas vezes ele se sente culpado, pois a trouxe para esta vida, naquela época, em Müritz, quando ele precisaria já ter antevisto a maior parte dela. Principalmente por gratidão ele não pode se casar com ela.

Não há dúvida quanto à gratidão, mas somente esse não seria um bom motivo, a bênção do pai dela de repente parece importante para ele, pois talvez se trate também de um recomeço como judeu. Na manhã seguinte, ele faz o pedido. Não precisa falar muito, ela diz sim de pronto, ela acabou de trazer o café da manhã, e agora isso. Mas por quê?, ela pergunta, como se nem sonhasse com aquilo. Precisa de motivos para casar? Não deve ter sido à toa que você me pareceu jovem, seus beijos, o murmurar, todas as noites, as confissões. Mas não, ela diz, e em seguida de novo: sim, embora ela não consiga imaginar que o pai dê sua anuência. Talvez ela estivesse mesmo sonhando, ela diz. Você me pediu em casamento de verdade? Mas, e o pai; infelizmente ele não conhece o pai dela. Há semanas tenho pensado aqui e ali em escrever para ele sobre nós, o que nos aconteceu, como vivemos. Após as primeiras linhas eu não soube como continuar. Mas por que em vão? Meu amor, diz ela, justo no momento em que Robert bate à porta. Ela teve dificuldade em se recompor, o Doutor acariciou seus cabelos centenas de vezes, por isso ela estava totalmente descabelada. Por sorte, Robert não percebeu nada, contudo ele parece hesitar, pergunta se há novidades, e então Dora revela quais são as boas novas.

A carta, ele precisa escrever até a manhã seguinte. Não fica muito longa, em duas páginas nas quais ele se apresenta, idade, profissão, seus anos no instituto, que está aposentado há mais de um ano, então algo sobre a família, pais, irmãs, sua relação com o judaísmo. Primeiro ele tenta não esconder que as ligações não são muito fortes, no entanto aprendera algo no encontro com Dora. Ele menciona a ida à escola superior, talvez um pouco subserviente demais, por que ele acredita estar no caminho certo. Da doença ele comenta apenas de passagem, que no momento está num sanatório em Viena para tratamento. Dora está com ele, ciente de tudo, e assim ele pede a mão dela em casamento, acreditando com firmeza que será um bom marido. Como ele não conhece o pai de Dora nem por foto, é difícil encontrar as palavras corretas, não se sabe direito a quem está se dirigindo, mas Dora está de acordo com tudo, para ela conta apenas que ele tenha pedido sua mão. Ela nunca estivera num casamento, diz ela, o primeiro casamento no qual ela irá será o dela, em maio, ela espera, pois assim poderá ser ao ar livre, lá embaixo, no jardim. Claro que Ottla precisa estar com eles, Elli, as crianças, os pais, se a viagem não for muito longa para eles, também Judith e Max, talvez apenas Max e Ottla. Pode ser mais ou menos assim. Não é? A carta ainda não está no correio, ela a levará mais tarde, o envelope está pronto, e então precisam apenas esperar.

8

Desde que ele pediu a mão dela, Dora sente-se como se tivesse sido recarregada. Acredita sentir em si forças totalmente novas, não pode deixar de lutar por ele e cuidar para que ele chegue finalmente nas mãos certas. Precisam de um médico competente, alguém que não o considere um caso perdido, mas pense numa solução. Ao telefone, Max disse a ela quem poderá procurar, e assim, com um pretexto, ela parte no início de maio para Viena, até a clínica, e marca com outro médico uma consulta para a tarde. No trem de volta ela escreve a Elli. Admite o que fez, Franz nunca deve ficar sabendo, principalmente o que ela pede agora: precisa com urgência de dinheiro, apenas desta vez, pois o médico examinou Franz, com certeza fará todo o necessário. Professor Neumann. Infelizmente ele não pode comparecer pessoalmente, em vez disso envia o dr. Beck, que aparece pontualmente, um homem forte que não se apressa e aplica uma complicada injeção de álcool contra as dores. Muito mais que isso, porém, não é possível. A laringe e uma parte da epiglote estão muito prejudicadas, e extirpar o nervo não resolverá. Não soa bem, mas o que significa? Dora leva o dr. Beck à sala de leitura, onde naquele momento não há ninguém, e lá ele diz a verdade para ela. Restam três meses, diz o dr. Beck. Ele aconselha uma transferência para Praga, o que ela de pronto rejeita, pois se ela levar Franz para Praga ele saberá de imediato que está perdido. Obviamente ele deixa essa decisão por conta dela, diz o dr. Beck. Está claro que ele acha que Dora é mulher dele, por isso ela quase o corrige e desesperada reflete sobre o que exatamente ele disse. Três meses é o mínimo ou o máximo? Ela leva o dr. Beck até a porta, deseja uma boa viagem de volta a Viena, olha para ele por muito tempo, como que entorpecida, encostada ao batente da porta, até começar, aos poucos, a compreender.

Robert parece ter contado com isso há tempos. Ele tenta confortá-la ao telefone, aconselha um pequeno passeio, pois nesse estado ela não pode aparecer para Franz. A caminhada lhe faz bem, ela não sabia quanto alguém pode caminhar em uma hora, até depois do vinhedo, onde ela se senta por um momento às margens de um relvado e pensa sobre a vida, o tempo que resta com Franz, furiosa e desesperada, então volta a ficar surpreendentemente calma, pronta a se conformar de forma repentina. Tudo é apavorante, mas uma certa tranquilidade se espalha por ela. Ela chora e reza durante todo o caminho de volta, pelo qual muitas vezes quase tropeça, e então novamente até de manhã, quando ela, como de costume, leva o café da manhã para Franz. Ele não saberá por ela como está a situação de sua saúde. Eles se casarão e viverão juntos ali. Desde o início ela não soube que precisa ser grata a cada dia? A injeção do dia anterior ajudou um pouco, apesar disso Franz parece deprimido, como se ele adivinhasse, e assim há diversos reveses, à noite em seu quarto, quando ela espera novamente, quando ela pensa na baronesa, quando se recusa a acreditar que o exemplo da baronesa não serve para Franz. Ela conversou com Robert ao telefone e conseguiu, sem pedir muito, que ele volte por uns dias e a ajude com os cuidados. Também telefona para Max, diz a ele claramente que não há mais salvação, o que ela evitou contar até então à mãe e a Elli, também porque elas nunca perguntam de verdade, por um hábito antigo, como se a doença fosse uma sequência de altos e baixos intermináveis. Franz simplesmente aceitou a visita do médico, não perguntou de onde e por quê, mesmo o enfadonho dinheiro não veio à baila. Ele está muito fraco, mas sorri quando ela chega, tem dores, pode-se ver a cada mordida, mesmo assim se esforça muito para esconder dela. À noite, ele bebe vinho, pergunta pelo correio, quando devem contar com Robert, o que Max disse ao telefone, que quer visitá-la em breve, tudo se for Max, pois do contrário não quer ninguém com ele.

Agora ela espera Robert. Talvez esse Robert possa mesmo conseguir algo, ou o próprio Franz, pois em princípio a salvação vem sempre de si mesmo. Desde a visita do dr. Beck, a situação permanece inalterada. Graças às injeções ele consegue dormir, mas talvez, assim ela teme, as injeções sejam ruins e roubem as últimas possibilidades das forças da autorrecuperação. Ela não sabe. Ora é seu único desejo que ele não sofra, ora se consola com as evocações de que Franz precisa viver, que um milagre ainda não está fora de questão. Antes disso, ao telefone, prometeu escrever diariamente a Elli, mas a verdade é que ela mal consegue dar telefonemas, sente-se vazia e apática, pede compreensão. Por favor, não escreverei todos os dias, ela se defende por carta, eu não aguento, tenha piedade de mim. No dia anterior, tiveram algumas horas felizes. Franz quis vinho novamente, que ele bebeu com uma alegria curiosa a si mesmo e sem dores. Justamente a Elli ela escreve sobre isso. Em Müritz, quando ela pensou que Elli era a mulher dele, não teve uma impressão muito boa dela, mas agora a vê quase como uma pessoa íntima, desde o pedido de ajuda de Viena, à qual veio uma pronta resposta, com palavras muito carinhosas.

Ela prefere escrever ao lado dele no quarto, algumas linhas aos pais enquanto ele fica na cama, deitado. É a primeira carta desde a visita do médico, mas ela menciona apenas o clima frio constante, o ar excelente, os cuidados que ela mesma empreende às vezes. A cama de mola, as colchas e a almofada de pelo de cavalo eles receberam, o travesseiro infelizmente não, provavelmente está no correio em Viena, da próxima vez em que for a Viena perguntará por ele. Expressa os melhores cumprimentos ao pai, menos porque Franz pedira, mas sim porque ela pensa muito em seu próprio pai, que até o momento não respondera. Talvez sua resposta já esteja a caminho, mas qual resposta será no fim das contas, pois ele ouve apenas seu milagroso rabino. Também Franz conhecera anos antes um rabino milagroso, e assim, como ele conta, soa quase engraçado, um homem feroz e barbudo num *kaftan* de seda, embaixo dele as roupas íntimas visíveis. A mera imagem leva os dois a gargalhadas. Franz ainda parece ter boas expectativas, deseja ver o vestido verde, se for o caso, e então ela considera por um tempo possível, contra a própria convicção, como quase todos os sonhos existem contra a convicção de quem sonha.

Com a chegada de Robert ela readquire forças, como se tomasse fôlego, pois há semanas ela tem passado a maior parte do tempo correndo. Cuida do correio, dos telefonemas nos quais não se pode mentir nem dizer a verdade, das compras, da comida, a cada par de horas uma refeição, algo que ela busca para ele e então precisa levar novamente para o andar de baixo na cozinha. Nos últimos dias Franz saiu muito pouco da cama, por isso ela se prestou a banhá-lo, o que é ao mesmo tempo bonito e terrível, pois em todo lado são apenas ossos, a pele febril, que ela cobre cuidadosamente com beijos, com a sensação difusa de estar fazendo algo proibido, como se jamais pudesse vê-lo assim. Ele começara a sussurrar novamente, às vezes mal é possível entender o que ele diz, que ficar deitado incomoda ou quer algo para beber, o quanto ele está cansado, ah, tão cansado. Não seja má, diz ele, e ela responde: Eu, má com você? Como poderia ser malvada com você? Depois de muito tempo, Ottla escreveu, e Dora respondeu de pronto. Amada, querida Ottla, ela escreveu, em seguida não consegue pensar direito, sente-se surda e muda e fica feliz que Robert assuma isso ou aquilo por ela.

Na noite anterior, na sala de leitura, eles contaram um para o outro como conheceram Franz. Falaram por muito tempo sobre a família dele, o dinheiro que ela pediu a Ottla e que logo chegará, assim ela espera. Robert fica apenas alguns dias fora, mas percebe-se que ele não acredita nos três meses, pois Franz parece pior a cada dia. Ele se oferece a assumir a correspondência com a família para que ela tenha mais tempo para ele, para si, para que às vezes ela tenha paz. Pouco se percebe que ele mesmo está doente, mas há muito ele não era tão magro quanto Franz em Müritz. Quando ela fala sobre Müritz, seu coração fica leve, mas às vezes ela acredita perceber que as imagens mudam, elas são menos tocantes, afastam-se, sem uma ligação certa com aquilo que existe aqui e hoje. Como se as primeiras semanas com ele congelassem, como algo que se mantém na mão, pois naquela época significou infinitamente muito para aquela pessoa, um vaso, uma pedra colorida, uma concha que não representa nem de perto o que fora. À tarde, ela fica por muito tempo sentada ao lado dele na sacada, onde ele fica deitado ao sol e dorme. Em geral ele acorda quando ela está por perto, mas desta vez não, ele dorme profundamente, com a boca fechada, como um rei, ela acaba pensando em alguém cujos pensamentos não são fáceis de adivinhar, como se ele já estivesse muito longe de todos, preocupado com todas as reflexões possíveis, como antes, quando ele ficava sentado na escrivaninha.

Por dias Franz mal falou. O dr. Hoffmann prescreveu um regime de silêncio ao qual ele se atém na maior parte do tempo. Ele conversa por meio de pequenos bilhetes, nos quais anota perguntas ou pensamentos, no início com uma certa contrariedade, como se não levasse o caso tão a sério, como se fosse apenas uma diversão temporária, que ele entende muito bem como ex-servidor público, e de fato ele o faz as primeiras vezes, como se rubricasse prontuários, ou como se fossem documentos importantes. Dora precisa antes se acostumar, mas após um tempo ela acha aquilo bonito, ela tem sua escrita, as conversas não são necessariamente mais significativas, mas talvez mais precisas, ao mesmo tempo revela-se o que também acontece sem palavras; pode-se pegar na mão, existem os olhos, é possível menear a cabeça, franzir o cenho, e se tem a impressão de se estar em conexão na maior parte do tempo. Infelizmente, ele não come mais. Ela faz todos os esforços imagináveis, mas não consegue, não por conta da garganta, que está quase sem dores, mas porque perdeu o apetite. Dora tenta convencê-lo, ela lhe suplica, mas amiúde ele sacode a cabeça, sente-se injustamente louvado e então, novamente, injustamente censurado, chama de esforço vão, perde a fé. Como eu incomodo vocês, é muito insano, ele escreve. E numa outra vez: Por quantos anos você aguentará isso? Quanto tempo eu suportarei que você aguente isso? E apenas então ela percebe que ele pensa em anos e não acredita nos três meses do dr. Beck, que possivelmente não reconheceu como são grandes suas forças. Um fogo íntimo, ela imagina, algo que se renova, talvez não apenas a partir de si mesmo, mas em grande parte porque ele ama e volta a amar, por sua grande afeição por todos e qualquer um.

9

Desde que Robert chegou ao sanatório, Dora parece mais calma. Ela não está mais tão afobada, às vezes lê um livro, costura ou senta-se à mesa e conta murmúrios de outros pacientes que se encontram em todos os horários numa sala comum, a famosa baronesa, na qual ele se espelha. O que não muda nada no fato de ele resistir à comida cada vez mais, o simples cheiro quando Dora entra no quarto, e ele sabe, agora precisa obrigar-se por amor a ela. À lida com os bilhetes ele simplesmente se acostumou. Há uma certa obrigação de economia, que não é estranha a ele, mas muito permanece não dito, nas noites o medo, a decepção porque nenhuma carta do pai de Dora chegara. Talvez, assim pensa ele, o rabino surpreendentemente tenha apoiado o casamento, e o pai não quis seguir o conselho, ou, ao contrário, o rabino foi contra e o pai, por lealdade à filha, busca uma saída. Da editora deveriam chegar diariamente as provas para o novo volume de contos, apenas por isso ele sente um certo desassossego. Mas contanto que se aguarde, pensa ele, a esperança não está frustrada. Se ele recuperasse um pouco as forças e o alimentar-se não fosse tão difícil, ele logo poderia pensar em algo, uma vida no interior, perto de Ottla, caso se possa chamar isso de pensamento, pois há semanas grande parte do seu pensar consiste em repetições. Também as visitas do médico se repetem. Veio de Viena o professor Hajek e tentou em vão uma injeção de álcool contra a inflamação da laringe, um dr. Glas anunciou-se, há novos medicamentos e novas sugestões, a cada dois dias lhe recomendam um banho, o que num primeiro momento parece totalmente impossível, mas com ajuda de Dora torna-se viável no fim das contas.

No dia seguinte, a visita é de Ottla. Há tempos ela exige, telefonou diversas vezes, também seu cunhado Karl quis vir de qualquer maneira, por volta do meio-dia eles estão lá. Sente-se um pouco de tristeza nessas condições, mas todos se esforçam, pois quem sabe quando será o próximo encontro, além disso a felicidade aflora de alguma forma sob o brilho maravilhoso do sol. Ele continua sem conseguir falar, e assim tem muito trabalho com os bilhetes. Eles contam histórias dos tempos de Praga, os quartos estranhos que ele teve, como o pai naquela época, anos atrás, reagiu à história do besouro, aquele inseto horrível ou seja lá o que fosse, alguns episódios de Zürau. Perto das duas horas, Karl e Dora vão comer. Apenas Ottla não consegue se decidir, para na porta, algo emocionada, por fim ela fica. Pensou muito nele, ela diz, como está feliz que ele tenha Dora. Percebe-se que ela ainda deseja falar outra coisa, mas é difícil, tenta novamente, mesmo que ele também saiba o que é. Ottla sempre foi uma espécie de espelho para ele, não? Ela gostaria de saber como ele está se sentindo, de verdade. Não precisa ser engraçadinho comigo, ela diz, ao que ele agradece cheio de dedos pelos meses em Zürau, por tudo o que ela fez por ele. Todos temem, diz ele, num sussurro. Mas ali era ele quem mais temia, o que era compreensível. Ela meneia a cabeça, ela teme como os outros, sussurra ela, e agora ele fica quase desconfortável com ela. Ottla olha para ele, como ele luta com a comida, suas tentativas desajeitadas com a sopa de Dora. Então não há muito mais. Tão rápido vieram, tão rápido vão embora. Karl balança a cabeça brevemente ao se despedir, enquanto Ottla não consegue se desvencilhar ainda. De mãos dadas com Dora ela permanece ali, e talvez isso seja o mais belo, pensa ele, que elas estejam tão juntas, como irmãs.

Sua relação com Robert rapidamente fica tensa. Antes, quando uma carta chegava, ele com frequência sentia-se pressionado, as frases tinham algo de exigência, como se aquilo que ele dava a Robert nunca fosse suficiente, sim, como se Robert tivesse um direito amplo e irrestrito sobre ele, como um amante, pensamento esse deveras desagradável. Mas já passou. Robert não dá o mínimo motivo para insatisfação, ao contrário, cuida do Doutor com devoção, fica próximo quando se precisa dele, nas noites quando Dora dorme, então ele fica às vezes na porta ou ao lado da cama, com uma compressa fresca, um remédio, uma palavra boa. Até mesmo do banho Robert se encarrega, o que para Dora não é certo, mas nesse meio-tempo as coisas ficaram bastante difíceis, é necessário levantá-lo e virá-lo, e para tanto lhe faltam forças. Amiúde ela lhe lava o rosto com compressas úmidas, de forma que ele tenha às vezes o cheiro dela, enquanto Robert lida de passagem com as cenas embaraçosas. Fica feliz que Ottla tenha vindo sozinha no dia anterior, pois também o tio fora anunciado para hoje. Como sempre, ele chega de forma ruidosa e casual, fala por muito tempo e é prolixo sobre a viagem, a maravilhosa Veneza, que poderia recomendar a cidade a todos os presentes da forma mais calorosa, mal senta-se por um minuto. Para Robert, ele diz: O senhor não é uma espécie de colega? Como simples médico rural, certamente ele não conseguiu avaliar em detalhes as condições ali na casa, mas à primeira vista tudo parece do melhor, o quarto, a vista, além disso a maravilhosa Dora, que ele já conhecera em Berlim, quando infelizmente precisei dizer a vocês que Berlim devia acabar. Ele perguntou pelos médicos, pediu explicações detalhadas, quem apresentou quais diagnósticos e quando, para o que não faz nenhuma diferença se alguém é doutor ou professor. Após duas horas, resigna-se a sair, apenas porque Robert fez uma insinuação de que aos poucos chega a hora. O tio dá a mão ao Doutor, abraça Dora, diz que eles devem se cuidar. Jovens, diz ele, crianças, e sai do quarto.

Dora disse a Ottla no último momento que eles querem se casar. Ela não conta de pronto que Ottla se alegrou, seu rosto se iluminou, você nem imagina como. Também ela contou da carta, que eles esperam uma eternidade pela resposta, e como quer o acaso, mal falaram sobre ela, a resposta chega. Dora acredita saber que certamente não é boa, e de fato a carta traz uma recusa clara. O próprio sr. Doutor já nomeou os motivos, ele vem de uma família com compromissos religiosos fracos, segundo declarações próprias acabou de começar a se preocupar com a religião de seus pais, por isso os laços são impossíveis. O tom não é inamistoso, mas não resta dúvida quanto à questão, também não esquece ao fim de desejar ao Doutor breves melhoras, manda lembranças a Dora, de quem infelizmente há tempos ele não tem notícias, e com isso a sentença é proferida. Ele realmente acreditou que poderia ser diferente? Dora está quase mais decepcionada que ele, é óbvio que teve esperanças, mesmo contra as expectativas, e agora os dois estão sentados e não sabem o que fazer. Ele se comprometeu com o pai de Dora, assim não acredita poder simplesmente ignorar o "não", não seria um bom presságio, teme ele, assim como a própria carta não é um bom presságio. Dora tenta acalmá-lo. Ainda temos um ao outro. Não temos? Apesar disso, é um golpe violento. Ele sente que as forças continuam a escapar, ou é a visita dupla que custou, como todas as visitas, suas forças, e nessa atmosfera triste eles encontram Max. Está em Viena por alguns dias a trabalho e esforça-se honestamente para oferecer algum consolo. Ele pergunta das provas, que ainda estão a caminho, lê a carta, considera mais desconcertante que triste, triste no entanto em seu efeito, embora o erro já estivesse em ter escrito para ele. Ao menos é o que ele insinua. Ou o Doutor imagina isso, pois tem dificuldade para se concentrar, além disso mal sabe o que falar. Tudo está tão distante, a história com Emmy, com o que Max trabalha, o que ele exatamente faz em Viena, como se esses assuntos não lhe interessassem mais em nada. Ele não escreve há semanas, mas Max não questiona, nem nas próximas duas vezes, eles se separam sem terem dito muito, que ele provavelmente nunca mais restabelecerá a saúde, que eles possivelmente não voltarão a se ver.

Por alguns dias ele teme. Nas noites, quando fica deitado acordado, quando em torno existe apenas o silêncio, quando perscruta, tenso, se algo está lá, nessa espessura de silêncio o ciciar confortante da água, alguns passos, na porta vizinha um sussurro, como se alguém tivesse algo na mão, uma prova ínfima de que a vida não cessou, de que é somente noite e as pessoas acordarão em segurança no dia seguinte.

Robert trouxe um saco de cerejas de Viena, são os prenúncios do verão. Meio de maio, e por uma eternidade ele não sai, às vezes chega somente até a sacada, o que também é cada vez mais raro. Consegue engolir mais ou menos bem, come sob os olhares severos de Dora, que cuida para que ele durma no horário, no máximo por volta das nove, nove e meia é hora de estar na cama. Com frequência ela aparece novamente por volta da meia-noite e senta-se com ele, quando está acordado, pois assim na escuridão pode-se dizer muito, sobre o seu medo, do que ele se arrepende, a carta, que ele não poderia fazer diferente, e novamente: sobre o seu medo. Quando ela o beija, fica temporariamente melhor, então ele esquece onde está e quem é, então é quase como um verão. Não é uma maravilha que ela esteja aqui? Que ela viva independente dele, também agora, nesse minuto? Que ela respire e que seu coração bata? Que haja corações pulsando?

Nesse meio-tempo, ele aceita que não escreve mais. Tanto maior é a alegria quando Dora traz o envelope com as primeiras provas e ele pode ver com seus próprios olhos que houve outros tempos. Nunca foi especialmente aplicado, mas consumou algo, existem essas histórias, seu nome na página de rosto, nada que seja de fato tangível, mas uma pilha de papel impresso, numa letra bonita, não tão grande quanto em *Um médico rural*. No início ele lê mais que corrige *Um artista da fome* com lágrimas nos olhos. Se ele ainda poderia fazê-lo hoje? Ele se senta meio aprumado na cama e espera que ninguém o perturbe, pois às vezes chega o médico assistente, que mal se pode mandar embora. Por mais de uma hora ele fica sozinho. Tem tempo de relembrar, às vezes colocando as folhas de lado e desfrutando o fato de quase trabalhar um pouco, e também terá o que fazer nos próximos dias, no que em princípio mal é possível acreditar.

10

FRANZ MOSTROU A ELA a carta de recusa apenas de relance, mas dias depois ela ainda está furiosa, relembra de pronto os motivos pelos quais saiu de casa, duas vezes em dois anos, por que não perdoa o pai, por que não escreve para ele. Quando percebeu como Franz levou a sério a questão, ela ponderou se era possível mudar a opinião do pai, se ele soubesse como Franz está, que ele não viverá por muito tempo, pois então o que importa se ele é um judeu de verdade, quando ele morrer, então, o que importa? Tem importância? Importa uma porcaria. Significa que o pai não tem compaixão, que ele tem seu Deus, mas não o mínimo de clemência, e por isso ela não escreverá para ele. Franz disse: Precisamos aceitar, precisamos viver com isso, precisamos viver com coisas totalmente diferentes, inclusive com o milagre. No dia em que a carta chegou, ela encontrou a sra. Hoffmann no corredor, chorou e então contou tudo. Fica claro que foi um erro, pois desde então os Hoffmann não param de importuná-la, ela e Franz devem se casar o mais rápido possível, ela precisa pensar no futuro, infelizmente não resta muito tempo. Na primeira vez pediram muito formalmente que ela entrasse no consultório, onde os dois estão sentados com rosto sério, de forma que ela se pergunta, por Deus, o que está acontecendo? A sra. Hoffmann toma a palavra, eles têm apenas boas intenções, providenciariam todo o necessário, um rabino, o escrivão, o que Dora, horrorizada, recusa de chofre, não seria a vontade de Franz. Como a senhora quiser, diz o casal, por isso ela acredita que a questão está encerrada, mas então ela se ilude, pois a partir de então não passa um dia sem que eles não tentem de uma forma ou outra. Eles a levam para um canto, alternadamente o homem e a mulher, mais tarde também o médico assistente, e sempre ela diz "não" e gostaria mesmo de se esconder.

Diante de Franz ela nada menciona das conversas. No entanto, ele parece perceber algo, pois pergunta se há novidades, algo que eu precise saber, ao que ela tenta responder com meias verdades. Ela falou com o dr. Hoffmann, uma conversa rápida sobre como eles estão felizes, que ele come e bebe com bravura, nas refeições cerveja e vinho. Na maioria das vezes ela confia no jovem dr. Glas, que vem três vezes por semana de Viena e recomendou a ela que acrescentasse somatose na cerveja sem que Franz soubesse, mesmo assim ele percebe que o gosto não agrada, mas bebe sem questionar. Também com as refeições ela empreende diversas medidas, acrescenta ovos regularmente, sem grande esperança de melhora, apenas para que ele mantenha de alguma forma as forças. Desde que as provas chegaram, ele parece desfrutar novamente a pequena vida no sanatório, senta-se na cama e corrige, não muito, apenas aqui e ali uma palavra, até não mais conseguir. Certa vez ele escreve: Como pudemos ficar tanto tempo sem R.? Pois ao passo que Dora mal deixa a casa, Robert viaja a cada dois dias para Viena, sempre traz flores frescas, de forma que às vezes é quase demais, espinheiros vermelhos, uma aglaia, lilases brancos.

Ela acha que o mais belo é quando os dois estão no quarto e cada um ocupa-se com suas coisas, pois a faz lembrar-se de Berlim, as noites nas quais ele escrevia ao lado dela. Tudo era calmo e denso, de alguma forma religiosa e ao mesmo tempo leve, como ele se sentava lá e escrevia, com costas curvadas sobre a escrivaninha, nas primeiras semanas, quando ela quase temia o trabalho dele. De Praga chegou um exemplar de sua história sobre camundongos. Franz mostrou a ela o jornal, mas agora ela começou a ler, pois Robert também leu e quer saber o que ela pensa sobre da história. Dos camundongos Franz já contou. Isso foi em Berlim ou já em Praga? Para ser sincera, ela não gostaria de ler a história, menos por conta dos camundongos, mas porque teme uma verdade para a qual ela não está preparada, sobre ela e ele, como na época da história da toupeira, embora ela tenha aparecido nela apenas de passagem. Como carne. Como algo que se come às vezes. Quando se tem fome. Naquela época, ela gostou daquilo, com um certo pavor de que a verdade fosse tão simples. É ela? A nova história por sorte é totalmente diferente, muito mais delicada, é a impressão dela, com um leve sarcasmo perante Josefine, na qual reconhece Franz sem grande esforço. Dela mesma não há nenhum vestígio desta vez, mas isso não é ruim, por outro lado infelizmente é, pois no fim das contas ele está terrivelmente sozinho, escreve sobre sua morte e o que resta dele, além de algumas lembranças. É a pior coisa que ela já leu. Por sorte, ninguém está por perto, já passa muito das onze, e assim ela fica ali sentada e enxerga um futuro distante e sem cores se ele não existir mais, meu Deus, ou mesmo ela, caso se possa pensar nisso, com uma sensação inevitável de que tudo é em vão.

Franz dorme muito agora, no meio do dia ao sol na varanda, como se estivesse há muito em lugares que ela, como forasteira, nunca poderá alcançar. Hoje, no café da manhã, ele pediu a ela para escrever novamente aos pais, Robert se esforçaria prontamente, mas para os pais ele não passava de um estranho, que talvez não encontrasse o tom certo. No entanto, não há muito a relatar. Pode-se apenas tranquilizar e refletir como tudo seria diferente se os pais os visitassem e vissem uma vez como Franz está bonito e em pé. Deve escrever que cada vez mais ele se transforma numa criança? O engraçado é que ele mesmo trouxe o tema à baila. Tem remorso, pois faz tempo que não escreve, mas isso de deve ao fato de que ele se mantém longe de qualquer forma de esforço e trabalho, como sempre, no máximo a refeição seria pouco mais cansativa que o sugar silencioso do passado pode ter sido. A primeira vez de todas ele se dirige ao pai. Ele comenta o que bebe com mais frequência, cerveja e vinho, a Schwechater duplo malte e o Adria-Perle, o último ele teria trocado agora pelo vinho de Tokai, claro que em pequenas doses, que não agradariam ao pai, nem lhe agradam. No mais, o pai não fora soldado nessa região? Conhece também pessoalmente a estalagem? Ele teria grande prazer em beber com o pai grandes goles como se deve fazer, pois mesmo que sua capacidade de beber não seja muito grande, ele não perde de ninguém no quesito sede.

Há dias ele tem um desagradável catarro intestinal, não consegue mais beber, sem falar em comer, de forma que Robert e dr. Glas já pensam em alimentação por meios artificiais. Ele recebe diariamente duas injeções de álcool, contudo o sucesso é desanimador, a febre e a sede não chegam a um fim. Ele começa a se despedir, escreve um longo cartão para Max, que ela leva ao correio à tarde. Viva bem, ele escreveu, Obrigado por tudo. Amiúde Dora pensa que o fim está próximo, e ainda assim, a cada vez, o pensamento é novo e incompreensível. A sra. Hoffmann também não para de insistir, não há muito tempo mais, apresse-se. Ela conversa ao telefone com Ottla, mas daí não resulta muito, Ottla mal consegue falar de preocupação, apesar disso a encoraja, mesmo fraca e desesperada. Robert também já se expressou nesse sentido. Mas então ela senta-se ao lado de Franz e vê que ele ainda tem esperanças, e não tem a coragem de perguntar.

Quase em todos os bilhetes agora ele escreve sobre beber. Lembra-se de momentos nos quais teve muita sede, mas negligencia a tortura que deve significar. Ele pede boa água mineral, apenas por interesse, toma aqui e ali um gole, até mesmo um copo d'água é muito. Quando Dora traz para ele, sacode a cabeça e inveja a lilás meio desabrochada no vaso grande, que, agonizante, ainda bebe, embora não exista isso de agonizantes beberem. Ele sorri quando escreve essas coisas, como se precisasse apenas continuar a escrever para continuar a viver. Há alguns dias percebe que Robert junta os bilhetes; quando Franz não está olhando, ele os esconde no bolso. Ele nunca perguntou a Dora se pode, mas talvez isso seja mais justo que injusto com ela. Muitas vezes fica claro para ela que são os últimos dias, então ela fica totalmente desconcertada e não consegue deixá-lo. Quando o vê se torturar, ela tenta se obrigar a perceber que tiveram tudo nesses tempos de necessidade, toda a sorte. Mas pouco depois ela tem apenas vontade de gritar, pois nem um ano se passou. Ela perderá tudo, tudo, quando ele se for, as mãos, sua boca, a proteção que ele representara, como se o amor dela fosse uma casa, e alguém quisesse arrancá-la de lá para sempre.

Os Hoffmann pediram uma nova conversa. Ela conhece as frases e súplicas de cor, por isso acredita estar preparada, mas desta vez os Hoffmann falam sério, eles contrataram um escrivão do distrito judeu, diante desse escrivão ela deve falar "sim" para Franz. No início ela percebe apenas um homem qualquer, é tarde, a atmosfera está agitada, o dr. Hoffmann e sua mulher querem servir de testemunhas, falam como se ela fosse uma criança teimosa, sobre o futuro dela, que ela não é precavida, precisa pensar nisso, o que será dela. Assim, eles insistem cada vez mais naquilo que é totalmente inacreditável. Ela se nega. Que vida será essa, pois, se Franz não sobreviver, o que restará de sua própria vida? Ela não consegue cogitar e diz a eles também que ela vê apenas Franz. Por que tiram dele a última esperança? A sra. Hoffmann diz: Mas não seria bonito? Ele não pediu a mão da senhora? Ela admite, ele pediu sua mão, no entanto o pai não concordou com o casamento, o que importa de fato, além disso já se passaram semanas. E com isso ela se ergue e deixa a sala. Ela decide não trocar mais uma palavra com eles, ferida, tampouco falará com Robert, pois ele se esconde com eles sob um teto, sente-se suja, por fim se recompõe e volta para o lado de Franz.

11

Os últimos dias ele passa numa condição inconstante, meio inebriado pelas injeções, o tempo todo incomodado com o problema ao beber, no qual não há qualquer avanço, ao contrário, a sede fica cada vez pior. Ele sonha com beber mais do que bebe, às vezes água e uma vez por semana uma garrafa de Tokai. Ele não sente que são os últimos dias. Há uma certa oscilação, que é uma espécie de descrença, pois às vezes ele diz sentir com cada fibra de seu corpo que ele é apenas fraqueza, e então, no momento seguinte, se recupera. Infelizmente não há muito o que fazer, as provas corrigidas há muito estão em Berlim, e a segunda virada ainda não aconteceu. Ele luta bravamente com as refeições, é banhado por Robert ou Dora. Fica sentado na varanda, às vezes folheia um livro, jornal de preferência não, embora também haja jornais, as cartas de Praga, as outras, respondidas ou não respondidas por ele, jazem no criado-mudo. Se pudesse dizer como se sente, ele admitiria que nunca esteve pior. Mas consegue pensar com lucidez, escreve com beleza e coragem os bilhetes, surpreende-se com a paciência que Robert e Dora têm com ele e que ele, se o caso fosse contrário, provavelmente não teria.

Quando sozinho, com frequência pensa no pai. Até poucas semanas atrás, em todas as cartas, ele sempre se dirigiu à mãe. Escrevia aos dois, mas pensava na mãe, e agora de repente se vê com o pai em todos os bares avarandados. Não quer se emocionar com o passado. Basta que o pai apareça, que ele o tenha não como ameaça, mas como alguém que, como todos, tenta viver a vida, o que possivelmente é uma espécie de perdão, na distância de tantos quilômetros que os separa. Se o pai estivesse ali, ele provavelmente precisaria se calar, mas até então Dora conseguiu evitar a longa viagem. Por fim, ele não está sozinho, há pessoas que se preocupam, em Praga com certeza ele não estaria melhor. O pai ficaria satisfeito com o agonizante que ele se tornara? Ele o elogiaria, ele pensa, de qualquer forma insatisfeito pelo ritmo, pois o pai é uma pessoa irascível, principalmente com o Doutor ele perdia desde sempre a paciência, não raro com razão. O pai daria tapinhas no seu ombro e diria: Mesmo na infância você nunca foi muito ágil, mas desta vez estou de bom humor, para como sempre ficar mal-humorado de um segundo para o outro. Quanto durará? Tome o tempo que precisar, já sabemos como você é, mas não é justo, as pessoas estão esperando, quanto tempo, por Deus, você ainda quer deixar as pessoas esperando.

Dora não deixa transparecer o que pensa sobre isso. Mal tira os olhos dele, mesmo quando ele dorme, pois ele dorme muito, numa cadeira da varanda, na cama, sem grande remorso. Se está acordado, uma grande saudade do corpo dela o envolve, pensa em Berlim, quando ela deitava ao lado dele, em Müritz na pensão, quando ela perguntou a ele: Você quer? Ele vê sua boca, pescoço e ombros, a carne sob o vestido, os pontos que ele tocou há séculos e ainda poderia tocar. Hoje à noite a situação está especialmente ruim, e, veja, ela parece ter percebido, ainda é assim que eles encontram algo um no outro. Tudo seria diferente se fossem casados? Eles tocam suas carnes, ou aquilo que se sente quando se toca outro alguém; despertam um pouco aquele algo, não de verdade, apenas o possível dadas as circunstâncias. Meu amor, diz ela, embora não esteja totalmente certa de que diz aquilo, mas está ali, fica deitada como Ottla, com metade do corpo na cama, e isso o emociona quase às lágrimas, como ela é gentil e jovem. Há muito que ele chorou por ela e por si mesmo.

Ficam muito quietos, tudo está cheio da tranquilidade dela, pensa ele, sua verdade, caso ela exista, pois nunca sentiu essa verdade tão próxima.

Os pais escreveram um cartão enviado com urgência. Claro, Dora reclamou que eles ficam sabendo de tão pouco, o que não é de se estranhar pelas constantes viagens deles. O tempo em Praga está esplêndido, pode-se passear e se dedicar às possibilidades mais diversas para beber, que o enchem de uma certa inveja. Metade da cidade parece estar passeando. As pessoas sentam-se na beira do rio ou lá em cima, nas montanhas, tudo que ele conhece e agora ainda se lembra das tardes em quaisquer das águas, uma ou outra viagem de barco. Agora, como ele deixou a cidade para sempre, observa com um novo prazer, como ele mesmo há anos observou Milão e Paris, com o primeiro olhar, que é uma espécie de cegueira, uma imersão confiante, antes da primeira experiência. Ele também não é assim com as pessoas? O início parece sempre um encantamento, veem-se apenas os estranhos atraentes, em todos os lugares há esplendor, por isso se tem disposição para aceitar os pequenos erros. Mas o que são os erros? Tudo não é empolgação? Cada um não segue um objetivo? Aqui, ainda quero passear pela bela alameda. Ela segue um pouco montanha acima, não se sabe exatamente onde está, mas então, na metade da subida, digamos, no meio de Hradčany, a vista é surpreendente.

A maior parte do tempo ele espera pela segunda prova de Berlim, cuja chegada, no primeiro momento, quase o apavora. Mas então ela lhe traz novamente a alegria de ler frase por frase que escreveu, desta vez menos surpreso, pois a impressão é fresca, concentrado em todas as menores coisas possíveis. Ainda surpreende o tanto que se esquece a cada vez. A gente luta para formar praticamente cada frase e, apesar disso, lembra-se no máximo das linhas gerais, aqui e ali de um detalhe que permaneceu e por algum motivo se sobressai.

Ele conversou com Robert sobre o fim, se haverá ajuda para as últimas horas para que não haja sofrimento. Dora fora às compras, por isso ele pode consultá-lo com tranquilidade, num bilhete estão as alternativas conhecidas. Morrer de fome, ao menos, não lhe dá medo, pois nisso ele tem uma certa prática, teme mesmo o sufocamento, também morrer de sede não deveria ser agradável. Então, como terminará? Do que morre um corpo, afinal? Para o coração de uma vez, ou os pulmões, o cérebro, pois termina por completo apenas quando não se pensa mais. Robert não parece deveras surpreso, pensava há muito sobre isso. Existem medicamentos, diz ele, menciona o ópio, a morfina, que ele não o deixará desamparado. Não é estranho que simplesmente conversem sobre a questão? Não é a primeira vez que o Doutor se pergunta por que Robert faz isso, por que há semanas ele está aqui e não vive sua própria vida. Ele escreve num bilhete. Por que o senhor não leva sua própria vida? Ao que Robert afirma, aqui neste quarto está a vida dele, estou com o senhor, desfruto cada minuto. É possível? Por algum tempo sim, diz ele, provavelmente. Ele a observa em si mesmo, a vida ainda é uma vida, sim, lhe agrada, mais do que nunca talvez, nas ocasiões mais ridículas ele se alegra.

Com velocidade ele não trabalha. Não terá mais nas mãos o livro pronto, até aí fica claro para ele, enquanto ele continua a correção sob os olhos de Dora e espera que algo permaneça, uma prova de que ele se esforçou, que ele tinha uma tarefa e a cumpriu, de qualquer forma o veredicto pode ser suspenso no final. Ele compreendeu tarde demais, muito mais suspeitou que compreendeu. Mas de qualquer forma foi a Berlim com Dora, decidiu-se imediatamente, e ela ainda está ali, muito mais do que ele jamais ousou esperar. Ela trouxe flores novas e pergunta, como de costume, se ele precisa de algo, mas ele não precisa de nada. Pela janela aberta continuam vindo os aromas, sem tanta força quanto há semanas com os primeiros botões, é fim de maio, quase verão, há um ano no verão eles se conheceram. Quando Robert está lá ela se lembra muito bem, recorda detalhes que ele esqueceu há tempos, naquele tempo no cais, como ele a abraçou num repente. Ainda se lembra? De fato, ele não a abraçou. Foi muito mais uma insinuação, a primeira tentativa de aproximar-se dela, e nessa arte ele fora bem longe nesse meio-tempo. Ele sente falta das noites com ela. Não é incrível que se escolha alguém com quem se deitará e dormirá às noites na cama, como se fosse uma insignificância? Ficou mais corajoso ao lado dela. Ou primeiro foi corajoso e então ficou ao lado dela? Adoraria ter filhos com ela. A propósito, não é estranho que o desejo e as perguntas não cessem até o último momento?

12

Por alguns dias parece que ele volta a melhorar. Ela não sabe bem por que, é o trabalho nas correções, é o sussurro nas noites, quando ela diz para ele coisas das mais absurdas, como quando ela era uma menina, que ela não deixou mais que cortassem seu cabelo após a morte da mãe e trazia duas longas tranças. Ela conta da escola, que ela gostaria de ter irmãs, como Ottla e Elli, com as quais ela continua a falar ao telefone diariamente e relata cada pequena mudança. Ela se esquiva dos Hoffmann o máximo possível. Eles parecem ter se resignado, contudo é desagradável encontrá-los, principalmente a mulher, que parece preocupada, um pouco como a coruja com a qual ela tem sonhado nos últimos tempos. É sempre o mesmo sonho, sem ação exata. O animal fica sentado apenas e a olha. Não lhe causa medo, ao menos não no sonho, onde é apenas um pássaro estúpido, um convidado, pensa ela, um mensageiro, como ela lembra ao acordar, cuja mensagem ela conhece há semanas.

Judith escreveu. Na última carta ela parecia muito preocupada, mas agora seu mundo virou de cabeça para baixo. Está grávida de Fritz, Fritz voltou para sua mulher, e assim ela não pode seguir para a Palestina. Ela parece muito agitada, decepcionada, de certa forma alheia, pois vivia em Berlim uma vida incompreensível. Franz está morrendo, e Judith espera um filho que certamente ela não deseja, mas pelas circunstâncias, sim, deseja. Ela está totalmente confusa, anda dia e noite pelo quarto, para lá e para cá como um leão na jaula, onde ela decide uma coisa, depois outra. Dora não sabe bem o que deve responder a ela. Escreve que lhe deseja a coragem que já não consegue ter, seus dias têm sido péssimos, somente espera a cada manhã que ele respire, pois enquanto ele respirar ela suportará tudo de bom grado. Franz não acha o caso tão terrível, ele se alegra, Judith não pode ir para a Palestina, bem, mas por que não, mesmo, talvez ela devesse ir para a Palestina no lugar de Dora e em seu lugar.

À noite na cama, quando ela vê o pássaro da morte, tenta em vão rezar. Ela não sabia pelo que, um milagre de último minuto, que ela sobreviva quando ele não estiver mais lá, pois logo, ela sente, ele não estará mais lá, então ela o perdeu, assim pode implorar e lamentar o quanto quiser. Ao amanhecer batem à porta, e ela pensa de pronto: Agora! Mas é apenas Robert, que descreve uma noite inquieta, Franz acordou diversas vezes e perguntou por ela. Ele com a mão no lençol, visivelmente alegre, e nada mais que isso, a conversa contumaz com ajuda dos bilhetes, mas nenhuma confissão, nem última prova, fica ali apenas, deitado, e olha para ela, aponta para a janela aberta pela qual se ouve o canto dos primeiros pássaros. Não consegue ou não quer dormir. Certa vez Robert aparece, mas logo vai embora para não incomodá-la, volta novamente com o café da manhã, um café para Dora, que ela mal toca. Por volta do meio-dia ele adormece. Ela observa sua respiração, surpreende-se com a calma, que ninguém diz nada especial quando chega ao fim, pois ele fica acordado por horas, começa novamente a sussurrar, coisas pequenas e muito belas para as quais ele precisa de uma eternidade, sobre ela como atriz, que ele a viu no palco em sonho, num papel desconhecido para ele.

Novamente ela permanece ao lado dele. Beijou-o e então não soube por um bom tempo se deveria pegar uma cadeira para si ou seria melhor ficar na cama, onde ela tem uma visão melhor dele, pois ela gostaria de observá-lo mais uma vez tranquilo, a mão pousada sobre o lençol, cada dedo, as pontas, unhas, ossos, então o rosto, seus cílios, a boca, as narinas se movendo lentamente, quando ela sempre adormece. Sente as costas ao sentar e deitar torta, mas Franz a alegra, pois a acorda. Ela sonhou, mas agora ele a acorda, corre com os dedos pelos cabelos dela já por um tempo, como ele diz, praticamente sem voz. No sonho, eles bebiam cerveja juntos, também os pais estavam lá e brindavam-nos da mesa ao lado. Franz ainda não queria que eles o visitassem, há pouco eles ameaçaram abertamente vir, por isso é necessário dissuadi-los numa longa carta na qual ele empilha empecilho sobre empecilho. Nesse meio-tempo, Robert traz duas tigelas com morangos e cerejas, e assim a carta fica de lado. No fim da tarde ele recomeça o trabalho de correção. Não terminará, mas parece satisfeito, ao adormecer segura por muito tempo na mão dela, não com muita força, de modo que às vezes ela esquece que tem algo, quase sem peso, como se fosse voar de lá no próximo instante.

Na noite anterior, durante o sono, ele mexeu muitas vezes os lábios. Ela não entendeu palavra, mas não havia dúvida de que ele tentou dizer algo, de novo e novamente as mesmas palavras, uma espécie de fórmula, ela teve essa impressão; não era uma reza, embora a fizesse se lembrar de um judeu devoto na sinagoga. Sua respiração fica mais pesada hoje? De dia ele tossiu bastante, mas ela não está mais tão preocupada, não mais como antes, olha para ele por um longo tempo, infinitamente mais cansada que no dia anterior, mal consegue pensar de tanto cansaço. Por volta das quatro da manhã ela acorda. Deita sobre as pernas dele na cama e de repente ouve ruídos estranhos. Vêm de Franz, como ela percebe logo, ele tenta respirar, balança os braços de forma muito estranha, sem vê-la, e por isso ela se levanta logo e busca Robert. Agora, pensa ela. Como um peixe, pensa ela. Mas peixes buscam ar? Meu Deus, querido, diz ela. Ela fica ao lado da cama dele e não sabe o que deve fazer, tenta acalmá-lo, enquanto

Robert vai atrás do médico assistente. Mandam-na sair do quarto. Franz deve tomar uma injeção de cânfora, talvez morfina, ao menos é o que dizem, trouxeram um pouco de gelo para resfriar e isso parece ajudar. A aparência de Franz está terrível. O ataque custou-lhe muita energia, mas ela pode sentar-se ao lado dele, pega sua mão, acaricia a face, enquanto ele dorme na maior parte do tempo. Hora após hora ela fica ali, sentada, como petrificada, como dentro do tempo, que é puro e vazio. Por favor, não, diz ela. Não tenha medo. Estou aqui. Será que ele a ouve? Num momento qualquer Robert não consegue mais ver a cena e a manda ao correio, ao que no início ela se recusa. Sob os primeiros raios de sol da manhã ela segue relutante, passo a passo, como um autômato. Envia as últimas cartas. O descanso lhe faz bem, ela ainda poderia caminhar um pouco, mas o médico assistente corre na sua direção. Ele parece acenar, dando-lhe um sinal, e então ela o ouve gritar, venha rápido, o Doutor. Embora ela tenha saído no máximo por meia hora, o estado de Franz mudara muito na sua ausência, parece ter encolhido de alguma forma, como se restasse apenas metade dele. Mas está acordado, sorri, meneia a cabeça antes de fechar os olhos, exausto. Ao meio-dia, ele morre em seus braços. É estranho que saiba de pronto, é possível que a respiração estivesse apenas leve, apesar disso ela sabe. Robert chegou, junto com o médico assistente. Ela permanece por um tempo recostada, segurando-o no braço como uma criança, quase deseja pensar assim, embora ele seja seu homem. Por fim ela se levanta e o cobre, com uma vaga sensação de despedida, como outrora na plataforma de trem com Max, quando ele não queria entrar na cabine. Pouco depois, ela começa a banhá-lo. Robert a levou para fora do quarto e trouxe café, mas agora ela gostaria de voltar e lavá-lo, com um novo cuidado, corpo e rosto, todos os lugares amados. Assim a tarde passa. Robert telefonou para Praga, pergunta se pode ajudá-la com alguma coisa, e pode. Para Franz ela diz: Tudo bem para você também? Ela o veste com roupas limpas, o terno escuro que ele não vestia há muito, e apenas então se sente um pouco satisfeita. Não quer comer. Robert lhe deu uma pílula, eles se sentam juntos e conversam sobre os próximos passos. Para Robert é ponto pacífico que devem levá-lo para Praga. Meu Deus, sim, ela diz, pois agora ela irá a Praga. Franz está morto, e ela viajará com ele para a maldita Praga.

Na primeira noite, na qual eles mal dormem, dizem para si repetidamente que sabiam. Despediram-se, mas por isso o espanto fica menor? Não são mais o que eram, dizem eles, como crianças que alguém abandonou, lá fora e lá dentro está frio, apesar de ser verão, dias claros, reluzentes se sucedem. Robert gostaria que ela finalmente dormisse, apenas quando ele promete ir com ela até Franz depois disso que Dora se deixa convencer. Quando ela acorda não sabe por muito tempo onde está, no primeiro momento pensa estar em Berlim, antes de relembrar tudo. Sonhara com Berlim, que esperava Franz no apartamento da Heidestrasse. Precisa de uma eternidade até despertar, há café antes de ela ir novamente até Franz. Porém, ainda é Franz? Quando o toca, parece congelar, seu rosto parece muito sério e inacessível, ela não ousa beijá-lo por muito tempo. Deseja ter algumas coisas como recordação e pega sua camisola de dormir, os cadernos de notas, sua escova de cabelo. A sra. Hoffmann disse que o buscaria mais tarde para levá-lo a um salão do cemitério, por isso Dora tenta dizer a ele novamente o que significou para ela, desde o início. Mas é difícil falar com um morto, ele não ouve de verdade, e assim ela desiste. Infelizmente, eles também têm visita. Karl e o tio chegaram de viagem, cenas desagradáveis no meio do seu pesar, pois o tio sugere um enterro em Kierling, enquanto Dora insiste em Praga, de forma que a questão precisa ser resolvida de uma vez por todas com um telegrama do pai; somente os desejos de Dora serão atendidos.

Assim seguem os próximos dias. No salão, rapidamente ele fica cada vez mais estranho. Ela chora, pois não o conhece mais, e então novamente, quando fecham o caixão e arrancam-no dela para sempre. Para o traslado, milhares de formalidades precisam ser cumpridas, Robert precisa ir à repartição diversas vezes por conta dos papéis, mas no fim ele reuniu tudo, e chega o dia no qual eles se despedem e embarcam no trem, no qual Franz também está em algum lugar. Mais de uma semana após sua morte, chegam a Praga. Ela conhece os pais. As três irmãs estão lá, a senhorita, todos como petrificados. A maior parte das coisas ela apenas reconhece, o antigo quarto, no qual ela pode se hospedar, a cama, a escrivaninha, que para ela é apenas uma escrivaninha qualquer. Quando não chora, senta-se na grande mesa e tenta recordar. Franz atenuou muito a vida deles nas cartas, agora ela consegue corrigir uma ou outra coisa e contar como era de verdade, o quanto eles tinham em comum, desde o primeiro dia. Enquanto explica, tudo parece tolerável. O túmulo aberto é horrível, as montanhas de flores, não há lápide, mas em seguida uma é posta, de forma que ela volta a ter um objetivo, algo como um ponto de encontro, no qual ela possa lhe fazer relatos diariamente. Amigos de Franz organizaram um pequeno recital no qual são lidos muitos de seus escritos, mas a maioria permanece estranha a ela, como se fosse de um Franz que ela desconhece. É possível alguém ser diferente para pessoas diversas? Até o último momento, Franz temeu seus pais, no entanto ela vê apenas que eles são idosos, que guardam luto com ela, que eles não a mandam embora. Passa junho e metade de julho, e ela ainda está na cidade dele. Certa vez ela tem um encontro infeliz com Max, que descobrira diversos manuscritos de Franz, romances, diz ele, contos, fragmentos, que ele quer publicar aos poucos, e assim ele pergunta a todas as pessoas possíveis se elas têm algo para lhe dar. Quando ela se nega, ele aquiesce, no entanto insiste num segundo encontro, vocês trocaram cartas, onde estão os últimos cadernos de notas, mas nesse meio-tempo ela refletiu e chegou à conclusão de que ele não tem direito algum sobre aquilo. No fim de julho ela acredita perceber que algo clareia dentro de si. No aniversário dele, no início do mês, ela ainda acreditava que poderia se estilhaçar de dor, mas agora percebe que as forças estão voltando. Ottla e a mãe contaram muitas coisas sobre Franz, como era quando criança, quando estudante, mostraram Praga para ela, o rio e as pontes, os caminhos que ele percorreu, as antigas alamedas, a loja do pai. O pai também sente saudades de Franz, ainda que em silêncio, com um menear de cabeça, que também inclui Dora, como se não imaginasse alguém como Dora para o filho. Ela iria para Berlim? Não sabia mais aonde poderia ir, mesmo que lá tudo lembre Franz. Mas haveria um lugar onde estar sem Franz? Judith também escrevera, quer ficar com o filho e espera impaciente pela volta da amiga. Ela ainda hesita. É início de agosto, conseguiu uma passagem, as malas estão feitas, poderia simplesmente partir, sem grandes despedidas, e faz exatamente assim. Escreverei para eles, diz a si mesma, mas agora viajará para Berlim, onde um quente verão e os livros de Franz a aguardam. Ela tem todos consigo, inclusive o novo, para o qual ainda é cedo demais, por isso folheia os antigos, lê aqui e ali um início, acha o título *Onze filhos* de pronto muito bonito, muito parecido com Franz.

Observações finais e agradecimentos

A TROCA DE CORRESPONDÊNCIA entre Franz Kafka e Dora Diamant não foi preservada. No verão de 1924, Dora Diamant levou para Berlim vinte cadernos de anotação e 35 cartas de Kafka, posteriormente confiscados numa busca domiciliar da Gestapo, a polícia secreta nazista, em agosto de 1933, e desde então considerados desaparecidos. Dora Diamant viveu até 1936 na Alemanha e em seguida três anos na União Soviética. Pouco depois do início da Segunda Guerra Mundial, emigra para a Inglaterra, onde morre em agosto de 1952, aos 54 anos de idade. O pai de Kafka viveu até 1931, a mãe até 1934. As irmãs Elli, Valli e Ottla, bem como sua sobrinha Hanna, foram assassinadas em 1942-1943 nos campos de extermínio de Chelmno e Auschwitz.

Agradeço às seguintes pessoas pela leitura crítica e apoio nas pesquisas: professor dr. Peter-André Alta (Freie Universität Berlin), Kathi Diamant (San Diego State University), dr. Hans-Gerd Koch (Bergische Universität Wuppertal), Hermann Kumpfmüller, Stefan Kumpfmüller, Matthias Landwehr, Helg Malchow, Olaf Petersenn, dr. Annelie Ramsbrock (Zentrum für Zeithistorische Forschung Potsdam), professor dr. Klaus Wagenbach.